KB143255

'영미문학읽기' 수업 맞춤형 텍스트

셰익스피어 각색극 ❶

Twelfth Night
Hamlet
Othello

안규완(영문학 박사/영미희곡 전공/한국중등수석교사회장)

셰익스피어 희곡작품 12편 각색(1999~2022), 대학교 수업(1987~), 셰익스피어 연극교육 및 미국학교와 국제교류(1999~), 주요 논저: "Dramatics and English Class", "A Teaching Method for English Drama Club", "Christian Existentialism in *The Zoo Story*", "Dramatics and Its Application to 4 Skills", "Feminist Literary Criticism", 『A Teaching Method for English Speaking and Writing』, 『부조리연극과 미국 극문학』, 『영어구문의 이해』, 『영어어휘 연구』, 『셰익스피어 각색극 ②』 외 다수. (blog.naver.com/dramaahn 참고)

'영미문학읽기' 수업 맞춤형 텍스트

셰익스피어 각색극 ❶
Twelfth Night / Hamlet / Othello

개정판 : 2023년 1월 25일

편저자 : 안규완
펴낸이 : 이성모
펴낸곳 : 도서출판 동인
등   록 : 제 1-1599호
주   소 : 서울시 종로구 혜화로 3길 5 118호
TEL : (02) 765-7145 / FAX : (02) 765-7165
E-mail : donginpub@naver.com / Homepage : donginbook.co.kr

ISBN 978-89-5506-885-6   04840
ISBN 978-89-5506-869-6 (세트)

정가 : 16,000원

'영미문학읽기' 수업 맞춤형 텍스트

셰익스피어 각색극 ❶

Twelfth Night
『십이야』

Hamlet
『햄릿』

Othello
『오셀로』

|

안규완 편저

도서출판 **동인**

'영미문학읽기' 수업 맞춤형 텍스트『셰익스피어 각색극』제1권을 펴내면서

'영미문학읽기' 수업은 영문학과에서 이루어지는 전문적인 수준의 것과 일반학과 비전공자들이나 고등학교에서 할 수 있는 일반적 수준의 것으로 나누는 것이 필요하다. 왜냐하면 어려운 영어로 쓰인 영문학 작품 원작을 비전공자인 일반 학생들이 읽기에는 어려움이 많기 때문이다. 그렇다고 '영미문학읽기' 수업을 하면서 명작이 아닌 작품 또는 단편 작품을 읽거나 한글로 번역된 작품만을 읽는 것은 바람직하지 않다.

그러기에 영미문학 작품들 중에서 문학사적 측면과, 형식과 내용적 측면 그리고 사상과 철학 및 교육적 측면에서 가장 모범적이고 영향력 있는 셰익스피어의 작품들을 비전공자들도 쉽게 읽을 수 있도록 각색하여 일반학과 학생들과 고등학생들의 '영미문학읽기' 수업의 텍스트로 활용하는 것은 바람직하다고 할 것이다.

필자는 이런 취지에서 24년의 연구과정을 거쳐 만든 셰익스피어 원작을 각색한 작품 12편을 모아서『셰익스피어 각색극』이라는 제목의 책을 일반 학생 '영미문학읽기' 수업용으로 내어놓는 바이다. 12편의 작품 모두 원작의 골격을 훼손하지 않는 범위에서 플롯을 현대적 감각에 맞게 영어로 재구성하였다. 각 작품은 필자가 21년간 지도한 영어연극 동아리 아르테미스의 실제 공연을 통해서 그 작품성을 검증하였으며 수많은 수정과 보완을 통해서 최종본을 완성하였고, 작품의 이해를 돕기 위해 공연 장면 일부를 사진으로 실었다.

이 책으로 진행하는 영미문학읽기 수업은 교수자들 나름의 다양한 방식을 활용할 수 있겠으나, 다음과 같은 진행방식이 효과적일 것이다. ① '영미문학읽기' 강좌 또는 과목에 대한 개요 설명 → ② 셰익스피어와 영미문학 일반 설명 → ③ 각 작품 서두의 플롯 요약과 등장 인물 분석 → ④ 텍스트 읽기와 해설 및 작품 공연 감상(유튜브 영상자료 등 활용) → ⑤

학생활동 수행(개별 또는 조별 활동 : 작품 전체 또는 막(Act)별 분석/플롯 요약과 등장 인물 분석, Reading Log 작성, 조별 공연 등) → ⑥ 평가(고등학교의 경우 지필평가 및 수행평가) → ⑦ 피드백(고등학교의 경우 과세특 기록)

이 책은 각색한 셰익스피어 작품 12편으로 편찬하는 총 4권의 시리즈 중, *Twelfth Night*(『십이야』), *Hamlet*(『햄릿』), *Othello*(『오셀로』)를 묶은 제1권이다. 이어서 *The Winter's Tale*(『겨울이야기』)와 *The Merchant of Venice*(『베니스의 상인』)을 묶은 제2권, *A Midsummer Night's Dream*(『한여름밤의 꿈』), *The Taming of the Shrew*(『말괄량이 길들이기』), *Much Ado About Nothing*(『헛소동』)을 묶은 제3권 그리고 *As You Like It*(『뜻대로 하세요』), *King Lear*(『리어왕』), *Commedy of Errors*(『실수연발』), *Romeo & Juliet*(『로미오와 줄리엣』)을 묶은 제4권이 이어진다.

이 책이 셰익스피어 문학에 대한 손쉬운 이해 및 체험과 함께, '영미문학읽기' 수업에서 효과적인 텍스트로 활용되어 학생들의 영미문학 작품 이해에 도움이 되기를 바란다.

이 책을 기꺼이 추천해 주신 셰익스피어 연구의 한국 최고 권위자이자 한국영미어문학회 전 회장 김종환 교수님과 표지 그림을 그려주신 박순덕 박사님께 감사드린다. 출판을 해주신 이성모 사장님과, 24년간의 작품 연구·각색 과정에서 수업과 공연에 참여했던 경산여고 학생들과 영어연극반 아르테미스 단원들 그리고 하나님께 감사드린다.

2022년 10월
안규완(영문학박사/한국중등수석교사회장)

(Twelfth Night 공연장면)

|

painted by Dr. Park Soonduk

CONTENTS

Twelfth Night

십이야

Hamlet
Othello
The Winter's Tale
The Merchant of Venice
A Midsummer Night's Dream
The Taming of the Shrew
Much Ado About Nothing
As You Like It
King Lear
Commedy of Errors
Romeo & Juliet

『십이야』(*Twelfth Night*)는 셰익스피어가 4대 비극을 작술하기 직전 만든 일련의 낭만희극 중 최후의 작품이다. 따라서 이 극은 그의 낭만 희극풍의 극작술이 최고조에 달했던 시기에 만들어졌다고 볼 수 있다. 셰익스피어의 희극은 언제나 사랑과 희망을 주제로 하는데 이 작품도 그 주제는 사랑이며 여기에다 서정적인 분위기까지 연출하고 있다. '십이야'란 크리스마스로부터 12일째 되는 양력 1월 6일 밤, 즉 크리스마스 축제의 마지막 날 밤으로 이날은 구세주가 나타난다는 축제일이다.

이 거룩한 날, 사랑과 음악과 시적인 대사를 통해서 인간 삶의 아름다움과 긍정적인 면을 부각시키려는 셰익스피어의 탁월한 극작술이 이 극 전체에 걸쳐 나타난다. 주 플롯과 부 플롯을 능숙하게 조화시키며 스토리를 밀도 있게 전개해 나가면서 복잡하게 얽혀 미궁으로 빠져들어 헤어나지 못할 것 같은 플롯들을 꼬인 실타래를 풀 듯이 하나하나 풀어서 결국에는 해결과 조화의 경지에 이르게 한다. 관객들에게 비극 못지않은 긴장과 조바심을 느끼게 하면서도 해결의 실마리를 제공하여 감정의 해소를 경험하게 한다.

이 극은 원작의 주제가 훼손되지 않는 범위에서 현대적 감각에 맞게 재구성하여 영어로 썼다. 이 극을 통해 우리는 참된 사랑과 고상한 서정적 정서를 경험하게 되고 재기발랄한 위트를 통해 웃음의 참된 의미를 되새기게 될 것이며 극문학의 아름다움을 음미하게 될 것이다.

- **Orsino**(오시노) : 20대 중반. Illyria의 영주로 영주민들로부터의 평판이 좋음. 키가 크고 건장한 체격. 외모 준수함. 음악과 예술을 즐기는 낭만주의자(시인의 기질이 있음). 백작의 딸인 Olivia를 사랑함. 목소리 톤은 강하고 때론 부드러우며 음색이 조금 낮음. 귀족적인 풍모를 지님. 간접적으로 자신의 마음을 고백함으로써 신비로운 분위기 연출을 의도함. 기분파. 원래 는 독신이나 Olivia를 보고 반함.

- **Viola**(바이올라) : 22세 명망 있는 집안의 딸. Sebastian과 일란성 쌍둥이. 여자치고는 약간 큰 키. 금발의 푸른 눈. 아리따운 외모. 약간은 중성적 이미지. Orsino 공작에 대한 애틋한 사랑 을 지님. 그러나 혼자 갈등하며 가슴앓이. 극중 가장 현실적인 사랑. 처지가 비슷한 Olivia를 돕기 위해 남장(Cesario)을 결심. 목소리는 중성적이다.

- **Olivia**(올리비아) : 20세. 백작의 딸. 아버지와 오빠를 잃고 사람을 멀리함. 그러나 Cesario를 보 고 한눈에 반하게 되어 적극적으로 구애. 개방적 성격. 감정에 충실, 솔직함, 격렬한 사랑. 아 름다운 외모. 도도함을 지님. Cesario를 보며 가슴앓이. 결국 Sebastian과 사랑을 이룸. 목 소리가 여성스러움.

- **Sebastian**(세바스찬) : 22세. Viola의 쌍둥이 오빠. 남자다움을 지님. Malvolio와는 친구. 의리가 있고 확고한 성격. 동생과의 우애가 깊음. 검술에 능함. 난파되어 죽은 줄로만 알았던 Viola 와 다시 재회. Olivia의 외모에 한눈에 반하여 사랑을 하게 됨.

- **Antonio**(안토니오) : 20대 중반. Sebastian을 도와줌. 의리 있고 Sebastian에 대한 존경과 믿 음이 강함. Sebastian을 위해서 목숨까지도 아끼지 않는 충직한 성격. 건장하고 전형적인 남성. 검술에 능함. Orsino와는 대립적 관계.

- **Malvolio**(맬볼리오) : 30대 중후반. Olivia의 집사. Olivia를 사모함. Maria, Toby, Andrew의 계략으로 Maria를 Olivia로 오해하게 되며 본 작품에서 유일하게 불행한 사람. 이해타산적 이고 신분 상승을 꿈꾸는 허황한 인물. 잘난 체하며, 자기기만적임. 자신보다 지위가 낮으면 무시하는 성격. 멀건하게 생김. 2:8 가르마.

11

- **Maria**(마리아) : 30대 초중반. Malvolio를 자신의 계략으로 골려주는 지혜로움을 가짐. Olivia의 하녀. Toby와 결혼하게 됨. 꾀가 많고 발랄함. 눈치가 빠름. 푸짐한 얼굴과 몸매.
- **Toby**(토우비) : 40대 초반. Olivia의 삼촌. 작고 뚱뚱함. 술배 나옴. 술과 가무를 즐김. Olivia를 좋아하는 Andrew를 이용해 금전적인 문제를 해결. Maria와 결혼하게 됨. 검을 꽤 잘 다룸. 잔꾀 많음. 약간 대머리.
- **Andrew**(앤드루) : 29세. 겉모습은 멀쩡하나 힘이 없어 보임. 허풍 많고 겁 많음. 착각을 잘하며 줏대가 없음. 돈은 많으나 내실이 없음. Toby가 시키는 대로만 하는 어리석은 사람. Olivia에게 나중에 용기 내어 청혼하지만 거절당함. 소심한 성격.
- **Feste**(페스테) : 돈을 받고 노래를 부르지만, Olivia의 광대이기도 하며 희극적인 인물. 도무지 속을 알 수 없음. 깔끔하게 생김. 지혜롭고 똑똑하지만 그런 티를 내지 않고 오히려 바보짓을 하며 주변을 풍자함. 노래를 잘 하고 신비로운 인물.
- **Captain**(캡틴) : Illyria의 호를 이끄는 선장. 바다에 빠진 Viola를 구해줌. Viola의 남장을 도와주고 Orsino 공작에게 소개시킴. 희극적으로 승화시킨 인물.
- **Police**(경관) : Orsino 공작의 경호원으로서 Illyria의 영주 Orsino의 원수인 Malvolio를 체포한다.
- **Clerk**(증인) : Olivia와 Sebastian의 사랑에 대한 확인과 증인 역할.

Act I : 쌍둥이 남매인 주인공 Sebastian(세바스찬)과 Viola(바이올라)는 항해 도중 폭풍우를 만나 서로 헤어진다. Viola는 선장의 도움으로 Illyria(일리리아)에 이르게 되고 여기에서 아버지와 오빠를 잃은 Olivia(올리비아)라는 귀족의 딸과 Illyria의 영주인 Orsino(오시노) 공작 사이의 대화를 엿듣고 Orsino 공작이 Olivia를 사랑하고 있음을 눈치챈다. Viola는 자신의 처지와 비슷한 Olivia를 돕고 싶어 Cesario(세자리오)라는 가명으로 남장을 하여 Orsino의 시동으로 들어갔다가 Orsino에게 첫눈에 반하게 된다.

Act II : Viola의 오빠 Sebastian은 Antonio(안토니오)의 도움을 받고 서로 친구가 된다. 한편 Olivia의 저택에 거주하고 있는 Toby(토우비)와 Maria(마리아)는 Olivia의 구혼자인 Andrew(앤드루)와 광대 Feste(페스테)와 함께 도도한 집사 Malvolio(맬볼리오)를 골려줄 계획을 짠다. 한편, Olivia는 남장한 Viola를 보고 첫눈에 반해 사랑의 마음을 전한다.

Act III : Maria가 Olivia의 목소리를 흉내 내며 Malvolio를 골려주고 속임수에 넘어간 Malvolio는 다음날 이상한 복장을 하고 나타나는데 Maria 일행은 그를 희롱한다. 한편 Sebastian이 Orsino를 찾아 나서자 Orsino의 삼촌을 죽인 바 있는 Antonio는 고민 끝에 그를 따라나선다. Olivia가 Cesario에게 사랑을 고백하는 것을 들은 Andrew는 위기감을 느껴 고백하지만 거절당한다.

Act IV : Toby와 Feste는 Olivia 저택으로 가는 중 Cesario(Viola)를 발견하고 Andrew와 결투를 하게 한다. 그때 Antonio가 Cesario를 Sebastian으로 착각해 그를 구해준 후 경관에게 잡혀가고, Toby와 Andrew가 Cesario로 착각한 Sebastian과 결투를 벌인다. Olivia도 Sebastian을 Cesario로 착각하여 사랑의 맹세를 한다.

Act V : Antonio와 Viola, Orsino와 Olivia, Orsino와 Viola 사이의 오해가 깊어지던 중 Sebastian과 Viola가 재회하게 된다. Malvolio는 Maria가 꾸민 일에 당한 것을 알고 복수를 다짐하며 떠난다. 결국 Orsino와 Viola, Sebastian과 Olivia가 본연의 상황을 회복하고 서로 사랑의 맹세를 하며 끝을 맺는다.

(*Twelfth Night* 1막 1장 공연장면)

Act I

(Illyria 호의 갑판)

(갑판 위에서 몇몇의 사람들이 술을 마시고 대화를 나누며 흥겨운 분위기의 파티를 벌이고 있다. 쌍둥이 남매 등장. 눈만 내놓고 얼굴을 가린 채 춤을 추며 양쪽에서 등장. 노래를 부른다. 주위의 사람들 모두 춤을 추고 분위기가 더욱 고조된다. 그러다가 갑자기 천둥, 번개가 치고 배가 마구 흔들리며 쓰러지고 넘어지고 갑판 위는 난장판이 된다. 사람들 모두 물에 빠져 허우적댄다. 비명소리가 나고 급박한 장면이 전개된다. 이때 쌍둥이 남매가 서로 헤어지게 된다.)

(불 꺼짐)

(Illyria의 어느 해변. Viola, Captain이 등장)

Captain: (Viola를 깨우며) Miss . . . Miss! Please, get up! Wake up!

Viola: (힘겨워하며 간신히 눈을 뜬다.) Ah! . . . Captain! Where am I now? Are we alive now? No. My brother . . . Sebastian. . . . Where is he? He is also alive, isn't it?

Captain: Miss, we all are alive. And here is the country of Illyria. But Miss. . . . Don't be surprised. . . . I can't know whether your brother is alive or not.

Viola: (안색이 창백해지고) Oh! My brother! What can I do now. Oh, my God. . . . (Captain의 칼을 빼앗아 들고 자결하려 한다.) Oh, my dear, my brother! I'll follow you.

Captain: (다급하게 막으며) Miss. Your brother will be alive somewhere. Don't give up your hopes! Cheer up! Miss. (Olivia가 베일을 쓰고 Maria의 부축을 받으며 등장) Oh, my God! Look! People are coming here. Let's hide ourselves behind the rock!

(뒤쪽으로 숨는다. Olivia가 Maria의 부축을 받으며 서 있다.)

Olivia: (슬픔에 잠겨 흐느낀다.) My father was lost and gone forever, and my brother also followed the way. . . . How could I live alone?

Maria: Miss! Cheer up! Your father and brother in Heaven will be sorry for you. It's so windy and cold. Let's get into the room. (Orsino 등장, 인사를 나눈다.) Oh! The Count is coming here!

Orsino: Miss Olivia! I cannot find the words of consolation. Are you all right? You look so haggard?

Olivia: How are you? Lord! I'm sorry but I'm so disturbed now. I'll go back.

Orsino: Miss! Wait a moment! I'd like to say a word to you if you pardon. Did you think about my proposal of marriage that I'd given you few days ago?

Olivia: I'm sorry . . . but. . . .

Orsino: I understand . . . but find free vent to my pent-up feelings. I love only you. Miss! You inflamed my mind toward you. You should not ignore my beg.

Olivia: I cannot be your person. Your love is too good for me. (퇴장)

Orsino: How can I meet the woman better than you? (Olivia가 돌아간 곳을 돌아보며 애틋하게) Oh, pitiful Olivia! How can I comfort her broken heart and I give my love to her? (고민한다.) OK! There is a good idea! I will find a boy who can play the musical instruments well and has wonderful narrative skill. If I get the boy to deliver my love letter to Olivia, she will accept it. That's a wonderful idea. (손뼉을 치며) Now I should find a boy, quickly. (퇴장)

Viola: That is the Count, Orsino. He loves Miss Olivia dearly. I cannot help feeling a pity for him. And also she is in the same circumstances as I. I'd like to help her. How can I help her, Miss Olivia.

Captain: But . . . it seems too difficult for you to heal her wounded heart, I think.

Viola: (Captain의 팔을 붙들고) No. It isn't so difficult. I'll able to find a good way . . . OK. There is a good idea. I'll take a role of the boy, the Count Orsino's boy. I will disguise myself as a boy.

Captain: (머뭇거리며) But . . . Miss . . . disguise yourself as a man!

Viola: (자신 있게) I can sing a song and play the musical instruments well. If I become the messenger, I must meet Miss Olivia certainly.

Captain: (망설이다가) Oh . . . Miss . . . (체념한 듯이) OK. I'll help you.

Viola: (뛸 듯이 기뻐하며) Oh! Thank you. Captain! Let's be ready for it quickly. I'll not forget your favor forever.

Captain: (쑥스러워하며) Oh! Don't mention it. Miss! You should be careful and careful! If the secret is revealed, we cannot escape from the dangerous situation.

Viola: Don't worry! I can do it well!

Captain: (옆에서 거들어주며) From now on, your hair style, foot step and voice should be changed into man's style. Ah! How about your name?

Viola: Name? That's important. Uhm . . . (고민하며) OK. Cesario! The name, Cesario is good!

Captain: Cesario? Ce-sa-ri-o . . . good! That's wonderful. Now you are every inch a male.

Viola: Of course! But . . . I'm feeling a little strained feeling. And this hair should be done up.

Captain: Let's finish it quickly and go to the Count. I'll go first to prepare for it. (퇴장)

Viola: Thank you, Captain. . . . (독백) Well . . . my brother Sebastian. . . . May he be safe? Oh, God! Please lead me to the place where my brother is. (한숨쉬며) How sorrowful she is! Pitiful Miss. . . . Her mind may be the same with mine. Father and mother! Please keep my way! I must needs help Miss Olivia. Give me a courage!

(불 꺼짐)

(Orsino 공작의 거실)

(Orsino가 책을 보고 있다.)

Orsino: Why isn't any good news coming? As time passes by, I become more and more impatient. Oh, my love, Olivia! Please wait a little more. I will save you from your sorrow.

Captain: (목소리만 들림) Is anyone in? Can I come in?

Orsino: Who's there? You can come in! (Captain 등장)

Captain: Lord! How are you? I'm Captain, a man of Illylia and the Captain of the ship, Illylia. I saw the notice wanting a servant boy and hurried to come here.

Orsino: Well . . . I got the notice posted but. . . . What's the boy? I'm finding an extraordinary servant. He should take a very important role for me.

Captain: I'm understood. I chose the boy with my best consideration.

Orsino: How about his outward appearance? Can he sing a song well and play the musical instrument? How about his narrative skill?

Captain: He is handsome. And also he has a beautiful voice which can charm the best singing bird in the world.

Orsino: Is it true? To see is to believe. Bring him quickly.

Captain: Yeb. Come in, Cesario! (Viola가 Cesario로 변장하여 등장)

Viola: (인사하며) How are you Sir? I'm your subject and I want to help you. Give me any order, Sir. (계속 숙인 자세)

Orsino: Oh, welcome! I want to see your face. Raise your face.

(Viola가 고개를 들자 Orsino를 보고 반하게 됨)

Viola: (넋이 나감) (독백) That is the Count, Orsino? Is he man or god? That wonderful face and eyes! Is he hearing the sounds made by the beating my heart? It's too loud.

Captain: Don't loose your senses, Cesario! Oh, Lord . . . sorry . . . forgive him!

Orsino: That's no problem. Maybe he is a little strained before me. Well . . . what's your name?

Viola: (정신을 차리며) So . . . sorry. I made a great mistake . . . My name is Vi . . . no . . . Ce . . . Cesario. I have a little talent for singing and playing the musical instruments.

Orsino: Oh, really? Cesario! Now, show me your talent, quickly!

Viola: Yes, Sir! (노래)

(노래가 끝나고 Orsino, Captain이 박수를 친다. Viola, 머쓱해한다.)

Captain: How about the performance? Is it OK?

Orsino: (만족해하며) Captain! It's more wonderful than I expected. (Viola를 보며) Very good! (Cesario의 어깨를 두드리며) I'll adopt you as my servant. You shall play an important role for my job.

Viola: (기뻐하며) Thank you! Much obliged Sir! I shall follow your order.

Orsino: OK . . . OK. I am also happy to find a wonderful boy like you. (Captain에게 돈주머니를 주며) Captain! Here is the reward. Many thanks for your trouble!

Captain: (허리를 굽히며) Thank you, Lord! Then, I shall leave now. (Viola와 눈짓을 교환하며 미소짓는다.) (시선을 교환하는 사이 공작은 다시 책을 본다.)

Viola: (헛기침을 하며 공작의 시선을 끈다.) Well . . . Sir. . . . (Orsino가 보자 긴장하며) Uh–uh . . . huh. (공작의 눈길에 어쩔 줄 몰라하며) Co . . . Count! Now I . . . I'm your servant. Is there any order? . . . (고개를 숙이며 얼굴이 붉어진다.)

Orsino: (고개를 갸웃하며) Oh, well. Then . . . why does you face turn red? (가까이 다가가며) Do you feel pain in your body? (이마에 손을 대 본다.) I cannot feel a fever.

Viola: (당황해하며 떨어진다) No . . . no. I've no problem. (억지로 웃음 지으며) Look at me! I don't have any problem. Lord! (화제를 빨리 딴 데로 돌리며) What can I do for your service?

Orsino: (지그시 보다가) Oh, your job is this; you should go to Miss Olivia and deliver my love message instead of me. And also you should wait on me when I need your help.

Viola: (멍해 있다.)

Orsino: (손을 휘저어 보며) You know? Cesario? Brace yourself up! Did you hear me?

Viola: (퍼뜩 정신을 차리고) Yes, Sir! Yes! Of course! I heard all of your saying well . . . lord. Can I go to Olivia's house?

Orsino: OK. Go quickly. Don't make a mistake. I believe you. Well, I'll go to take a rest. (웃으며 퇴장)

Viola: Yes. I shall bear it in mind. (공작이 나간 것을 보고) Oh, I couldn't breathe any breath. Why is my heart beating like this? I cannot control my feeling. Am I loving him? Oh, father and mother! I'm feeling a heartbreaking grief. What can I do now? My heart is full of the thoughts toward him. But his heart is full of the thoughts toward another woman. I already accepted him and his minds. But how can I make his heart filled with the thoughts toward me?

(불 꺼짐)

(*Twelfth Night* 2막 1장 공연장면)

Act II

(해변)

(Sebastian이 쓰러져 있고 Antonio 등장, Sebastian을 발견한다.)

Antonio: Why, that is a man! Hey! Hey! Oh, no! I must take this man to another place.

(Sebastian을 업어서 힘들어 할 때 Feste 등장)

Antonio: Hey! Would you give me a help? As you see, I cannot support this person by myself.

Feste: Of course I can. I'll take this man on my back. (억지로 Sebastian 을 업으려고 한다.)

Antonio: (Feste를 말리며) Maybe you cannot take him by yourself. Stop it! (Feste 넘어짐) Dear me! Are you OK? (Sebastian에게 달려간다.)

Sebastian: (충격으로 깨어남) Ouch! my head!

Antonio: Did you come to yourself?

Feste: Hey! Can't you look at me? Oh . . . my backache!

Sebastian: Yes, I'm OK. But . . . I've a little headache. . . .

Antonio: (Feste에게) That seems not serious. (Sebastian에게) Lie down for a little while. I'm Antonio. What's your name?

Sebastian: My name is Sebastian. Thank you for saving me.

Feste: Hey! I also gave you some helps. I've tried my best to awake you. . . .

Sebastian: I'm much obliged for you both. I'll return your helps. . . .

Antonio: No! That's no problem. Take care of yourself. (부축한다.)

Feste: (물끄러미 보고 있다가 웃으며) You seem to be very friendly in a short time. You look old friends with each other.

Sebastian: What? What did you say?

Feste: No. I only said to myself. Well . . . I shall leave. I have to go a long way. (퇴장)

Antonio: Today I met many connections. How did you fall down here?

Sebastian: I and my twin sister was taking a journey by ship. On the way the ship was wrecked on a rock. We don't know each other's life or death. My sister and I have relied on each other after our parents' death.

Antonio: Cheer up! First of all, take care of yourself. Let's go quickly.

(불 꺼짐. 몇 초 후 다시 켜짐)

(Sebastian이 자신의 짐을 챙기면서 Antonio에게 작별을 고한다.)

Sebastian: For a long time, I've been under your care. Much obliged. Now I'm completely restored my health, I'd like to leave here. I should find my sister. Antonio, I will come back after the work.

Antonio: That's of course. Sebastian! Cheer up! I'll wait for your good news. Sebastian! Be lucky! (독백) I cannot escape from being worried about him. A feeling of suspense doesn't disappear from my mind. Come on! What's the duty of friend? I must help him. Sebastian! I'll go with you. (퇴장)

(불 꺼짐)

(Olivia의 집 정원)

(Toby, Andrew가 어깨동무하고 비틀거리며 술에 취해 등장. 후에 Feste 등장,

세 명이 모여 주정이 더 심해지고 노래를 부른다. Maria 등장)

Maria: Sir Toby, Sir Andrew! You are here! Ouch! This stench smell! You are the nobility. Save your face, please.

Toby: Maria, would you drink a glass? You're right. I'm the nobility.

(Malvolio 등장)

Malvolio: How are you, Sir Toby and Andrew? Did you have a good night? The beautiful sounds made by you helped me to have a good night.

Andrew: That's good! I had a good night. We were sorry for not being with you.

Malvolio: Thank you for your concern, but I can't bear it anymore. Stop the drunken frenzy! I'm the butler of the house.

Feste: Malvolio! Sometimes man should enjoy himself. A deep rooted tree will be broken by strong wind but a reed will not be broken even by the wind.

Malvolio: You . . . are you teaching me now? You're only a servant of this house!

Maria: Now, I see. Butler! I'm sorry. This humble man didn't know the etiquette. Forgive me.

Toby: No, no . . . you didn't do any evil doing. . . . Hey, Butler! Come here and have a glass of wine!

Andrew: This is my treat. This is very precious wine! It's more than 100 years old! How can you drink this kind of wine?

Toby: You're right. Nobody can find this precious wine except Sir Andrew. Only rich man can have it.

Malvolio: How dare I drink with you, noble men. Please keep your status, Sir. Well . . . I, Butler of this house, shall leave.

Maria: Oh, no! Malvolio! It is you who are high and noble.

Feste: Walk out stately or you may be disregarded as a humble old man. Take care, Malvolio!

(Malvolio 노려보고는 퇴장)

Maria: I can't bear it.

Toby: I feel the same. Beautiful lass!

Andrew: He is too clumsy. Shit!

Maria: I can't bear it any more. . . . What can I do? (손뼉을 치며) How about playing trick on him? I've a good idea.

Toby: (궁금하지만 장난스럽게) What's the idea? Tell me, quickly! Beautiful lass!

Maria: (맞대응하며) Handsome gentleman, Toby! The road behind this castle is dark at night when there isn't anyone.

Andrew: That's right. The spot is so dark that we imagine a ghost in night. Then why do you ask it?

Feste: Maria may suggest a good idea, I think.

Maria: Listen to me. The butler takes a walk on the back road every night. During his walking, we can play trick on him.

Andrew: OK. That's good idea.

Maria: I can mimic another's voice well. Let me do it. (Olivia 목소리를 흉내 낸다.) Malvolio . . . Malvolio!

Andrew: It's the same as Olivia's voice.

(Olivia가 Maria를 부르는 소리가 들린다.)

Olivia: Maria! Maria!

Maria: (놀라며) O dear! Miss! Now go and rest for tomorrow please! (큰 소리로) Miss! I'm coming.

(Toby와 Andrew 퇴장하고 Olivia 등장한다.)

Olivia: Maria! Today if the messenger comes again, return him back with the use of your narrative skill.

Maria: Yes.

Viola의 목소리: Hellow, hellow? Is anyone in? Can I come in?

Feste: Oh, no. A guest is come. I shall leave now. (Maria와 함께 퇴장)

(Viola 등장)

Viola: (Olivia 앞에서 인사하며) How are you? I'm a servant of the Count, Orsino. I came here to deliver the Count's love letter to you.

Olivia: But in my mind, there is another man. He is near me now.

(Viola를 쳐다봄)

Viola: Miss, consider it once more. If you need time to consider, I'll come back later. Then I shall leave now. (인사하고 나가려고 한다.)

Olivia: (벌떡 일어나며 팔을 잡는다.) Wait! Wait a moment! To be frank with you, I don't love the Count . . . but you . . . you may be my lover. . . .

Viola: Oh, no! Miss! I'm only a servant . . . my Lord's servant. I shall leave now. (퇴장)

Maria: Hum! Disgusting boy! If he come again tomorrow. . . . Miss! It's time to drink tea. Wait a moment, please. (퇴장)

Olivia: (멍하게 Viola가 나간 곳을 보며) Oh, he is very handsome. He makes me hold my breath. (정신을 차리며) Ah! What am I doing now? If someone saw me . . . how might he think of me? Malvolio!

(Malvolio 등장)

Malvolio: Oh, my beautiful Miss! What can I do for you?

Olivia: Give this necklace back to the guy, the Count's servant. He will accept this return as a sign of my refusal to the Count's proposal. Go ahead, quickly.

Malvolio: Yes, Miss. I'll come back quickly. (목걸이를 받고 퇴장)

Olivia: (Malvolio가 나간 것을 확인한 후) What am I doing now? Why am I deprived my soul by the guy? Oh, no . . . but he doesn't release me from his grasp. I am fall in love with him. (퇴장)

(불 꺼짐)

(Orsino 공작의 거실)

(Orsino가 칼을 다루고 있다. Viola 등장)

Viola: (인사하며) Majesty! I am here. I came back from her.

Orsino: Oh! my boy! What's the answer?

Viola: (머뭇거리다가) Oh, my Lord! She won't accept your proposal. . . .

Orsino: What? What are you saying now?

(Feste 등장)

Feste: Majesty! How are you? I am Feste who loves singing a song and taking a journey. Can I sing a song that I made for you now?

Orsino: Oh, really? OK. Sing the song before me. Love song is better to me. . . .

Feste: Yes, Majesty! Please appreciate my performance calmly. (노래)

(Orsino, 노래를 감상한다.)

Orsino: OK. You did a good job. Here is the reward. You still have a wonderful voice. But Olivia. . . . How can I change her mind. . . . I love her with my honest wishes.

Feste: Majesty! Last night I saw many lucky stars in the sky. I wish you have a good luck. I shall go back now. Majesty, take a comfortable rest. (퇴장)

Orsino: Cesario! Go to her again and deliver my message like this; Olivia! Please accept my love. I want to see your beautiful finger wearing a ring named as Orsino's love. Go, go to her again, please!

Viola: Yes, Lord. (독백) But my love for him already became so deep and I cannot forsake it. Isn't there any good way to forsake my love for him? What can I do now? . . . Oh, my love . . . the Count Orsino!

(불 꺼짐)

(*Twelfth Night* 3막 1장 공연장면)

Act III

(Olivia 저택의 뒷길)

(Maria, Toby, Andrew 등장)

Andrew: Uh . . . a shiver is running through me ! Well . . . why doesn't the Butler show up!

Toby: I also feel tremble. Butler! Show up quickly!

Maria: Sir Toby! Come to me. (Toby에게 귓속말을 한다. Toby 의미심장한 웃음을 지으며 Andrew를 바라보곤 Maria와 눈짓. Andrew는 정신없이 두리번거린다.) Are you understood? That's important. Sir Andrew is a little pitiful.

(Malvolio 고개를 빳빳이 들고 오만한 걸음걸이로 등장)

Maria: You two have only to look on it. Hide yourselves quickly!

(Andrew, Toby 숨는다.)

Malvolio: Now, I've finished today's job as the butler of this house. Maybe, my beautiful Miss also might do the same. (웃으며) It's a matter of course because I'm the butler of this house.

(Maria가 Olivia 목소리를 낸다.)

Maria: Malvolio! Malvolio! Where are you?

Malvolio: Whose voice is this? It must be Miss Olivia's voice. Olivia! Wait there! I'll go there!

Maria: (Malvolio의 눈을 리본으로 가린다.) Malvolio. Catch up with me!

Malvolio: Wait! Even if my eyes are covered and I can't see your beautiful face, (코를 벌름거리며) I'll fly to you as a butterfly flies to a fragrant flower!

Maria: (뒤에서 어깨를 잡는다.) Oh, really? Can you feel my fragrance? I'm moved now! How can you remember my fragrance?

Malvolio: (웃으며) That's no wonder, my darling! Well . . . your voice seems to be changed a little?

Maria: (약간 당황하며 기침한다.) I caught a cold a little.

Malvolio: Really?

Maria: Huh . . . can't you really believe me? (Toby에게 손짓. 끄덕이며 Andrew를 끌고 온다. 영문을 모른 채 끌려오다가 얼굴을 들이미는 것을 느끼고 필사적으로 저항. Toby가 Malvolio의 얼굴에 Andrew 입술을 들이댄다.) I love you, Malvolio! I've got your mind long before. (Andrew 뒤에서 운다. Toby 낄낄댄다.)

Malvolio: Really? Oh . . . Olivia! I'm so happy!

Maria: (더욱 콧소리를 내며) Me, too! Sir Malvolio! Up to now, I've had heartburn for our love. (우는 척)

Malvolio: Oh, my! Stop crying, Olivia! I'll comfort you. . . . I'm on your side. Well . . . can't you put off this cover? I'd like to see your beautiful face.

Maria: No! Tonight, I won't put it off. Instead. (Andrew에게 손짓. Andrew 씨익 웃으며 Toby를 바라본다. Toby 뭔가를 느끼고 도망가려 하지만 잡혀서

Malvolio의 볼에 키스. Toby 굳어버린다.) This is a kiss of promise between you and me. Only between you and me!

Malvolio: Oh . . . (부끄러워하며) no . . . I. . . .

Maria: (Malvolio의 입을 손가락으로 막으며) Be quiet! If you love me honestly, come again tomorrow morning, wearing a wonderful clothes. And write my name with your lovely hip. And then kiss on the back of my hand.

Malvolio: (망설이다가) OK! OK! I'll do anything for your love. And Olivia! I'll also give you a kiss.

Maria: (당황하지만 억지로 웃으며) Well . . . try it. Did you say that you could remember my fragrance? (손뼉을 치며 퇴장) Malvolio! I'm here. Catch me, please. (Toby, Andrew 발을 크게 굴러서 Malvolio를 유인)

Malvolio: (발구르는 소리에 따라감) Olivia! Stop there, please. Where . . . where are you? (Toby가 건 발에 걸려 넘어져 구르면서 퇴장. Toby, Andrew 크게 웃는다.)

Andrew: Hey, Toby! Too ridiculous! Ah! Well . . . where is Maria? (두리번 거린다.)

Toby: Well . . . did she go away yet? Maria! Maria! (Toby, Andrew 퇴장)

(불 꺼졌다 몇 초 후 다시 켜짐) (Olivia 등장)

Olivia: What a strange thing this is! Why haven't Maria come here yet? Maria!

(Maria 등장)

Maria: Yes . . . Miss. Did you call me?

Olivia: Maria! Why are you so late?

Maria: I'm sorry, Miss. I got up too late this morning. Forgive me.

(Malvolio 이상한 복장으로 등장)

Malvolio: How are you, Miss? It's beautiful and glorious morning!

Olivia: (옷을 보고 이상하게 생각하며) Good morning! Then what's the matter?

Malvolio: It was a secret and happy night. I may not forget it.

Olivia: Oh, really? What's tonight's happening? What's that?

(Toby, Andrew 등장)

Andrew: Good morning? Did you take a good rest last night?

Toby: Olivia! You are becoming more and more beautiful.

Olivia: Good morning, Sir Toby and Andrew?

Toby: Malvolio? Hey, why are you wearing like this? Where did you get these brilliant clothes?

Malvolio: (무시하며) Oh, my beautiful Miss. I'll show you my love toward you. (엉덩이로 이름을 쓴다.) Now, look at me! I became a slave of your love. You did as you like it.

(Olivia 표정이 찡그려지고 뒤에서 세 명은 웃음을 억지로 참는다.)

Andrew: Hey, butler! Are you demented?

Maria: Sir Malvolio! What are you doing now? Why are you doing this strange act?

Malvolio: Ha! Maid! You need not know it! (Maria를 밀어내고 Olivia를 껴안는다.)

Olivia: What are you doing! You darn bastard!

(Malvolio의 급소를 찬다. Olivia, 도망쳐 Andrew 뒤에 숨는다.)

Andrew: (기뻐하며) Don't worry! I, Sir Andrew, will keep you!

Maria: Run the bastard away! That mad man!

Toby: Sir Andrew! Come here and help me! Let's get this man out! You are really mad, aren't you? Hey! Straighten yourself out!

(Malvolio의 뺨을 때린다.)

Andrew: Recover your senses! Possibly, a mad dog may have bitten you!

Malvolio: What? Don't touch me! Hands off!

Toby: Be here alone till recovering your senses. Let's go.

Andrew: I'll deliver some drugs to you everyday. It's all for you.

Maria: Oh, pitiful guy! And also I'll deliver some delicious food to you.

Malvolio: (저항하며) Set me free! Miss, Miss! My love, Olivia!

(불 꺼짐)

(Illyria의 한 도로)

(Sebastian이 등장해 있는 상태, Antonio 등장)

Antonio: Sebastian! Sebastian! Wait a moment!

Sebastian: Who are you? Oh, no. Antonio! Go back! It may be dangerous!

Antonio: I understand your mind that you don't want to be a burden to your friends. But, Sebastian! A friend in need is a true friend. Tell me where you go.

Sebastian: I'm going to the Count, Orsino. He is generous and he will give me a help, I think.

Antonio: (당황하나 애써 감추며) Really? Take care. I'll expect good news from you. . . .

Sebastian: Now, I shall leave. (악수하며) Antonio! Have good days.

Antonio: God will keep your way! Good luck, Sebastian! (퇴장)

(잠시 후 Sebastian이 퇴장하다 때마침 들어오는 Viola와 부딪힌다.)

Viola: Ouch! Sorry. . . . (Sebastian 지나친다.) Well, well, well. The man . . . is familiar to me? Who is he? Oh, no. I've no time to lose. I must hurry up! (퇴장)

(Olivia 등장)

Olivia: (꽃을 들고) Oh, my love! Yes . . . or no? Yes . . . or no? Am I loving him? Love, love, love . . . what's the sincere love? . . .

Viola: (노래 간주 중에 꽃을 들고) Yes . . . or no? Yes . . . or no? Love, love . . . what's the honest love. I love the Count, Orsino and Orsino loves Miss Olivia. . . . Love . . . love is but a sea of trouble! (노래가 끝난 뒤 무대로 올라오고 인사)

Olivia: They say, "Love is but a sea of trouble." Why?

Viola: (말 없이 목걸이를 건네준다.)

Olivia: (당황해하며) Oh, my God. Finally, won't you accept my love? Why? I love you. What's the problem between you and me? (Andrew 등장. 소리를 죽이며 숨는다.)

Viola: (놀라워하며) Miss! Take it easy. I'm only your servant. Keep up your honor.

Olivia: Honor? Did you say "honor?" That's not important. I'll love you forever? What do you think of me?

Viola: Oh, Miss! What are you saying now?

Olivia: (말없이 쳐다보고만 있다.)

Viola: As for me, you are only my Lord's sweet heart. I can't regard you as a love for me. Well . . . I shall leave. (퇴장)

Olivia: Would you come back again? I'll wait for you! (돌아볼 때 Andrew가 서 있다.) (깜짝 놀라며) An . . . Andrew! What's the matter?

Andrew: (진지하게) I . . . I . . . lo . . . love. . . .

Olivia: What? Andrew! Tell me quickly.

Andrew: (큰소리로) I love you, Miss Olivia.

Olivia: (놀라며) What? Pardon?

Andrew: I said, "I love you." (과장되게) Please accept my burning love toward you!

Olivia: (화를 내며) Sir Andrew! Are you playing trick on me? You also make me disappointed. (퇴장)

Andrew: (당황하며) Olivia. Wait . . . wait a moment. Olivia! (털썩 주저앉으며, 잠시 침묵) Why? Why? Why can't I love you? (운다.) Olivia . . . Olivia! I love you!

(불 꺼짐)

(*Twelfth Night* 4막 1장 공연장면)

Act IV

(Olivia 저택 근처의 한 도로)

(무대 아래쪽에서 Viola 등장)

Viola: Oh, dear! What can I do? It's becoming more and more difficult.

(무대 위쪽에서 Toby와 Feste 등장)

Toby: That must be the Count Orsino's servant. Hey, hey! Stop there please.

Viola: (돌아보며) Did you call me? What's the matter?

Feste: A gentleman challenged you to a duel.

Viola: (놀라며) What? A duel with me? I haven't fought a duel with anyone!

Feste: Wait a moment. (Toby, Feste가 수군댄다.)

Toby: Now, I'll introduce Sir Andrew to you. He is the challenger.

(Andrew 긴장. 뻣뻣한 모습으로 나온다. Feste와 Toby가 시선을 교환하며 High-Five)

Toby: Well . . . now. You should do a fair play with each other. Ready? Begin!

(대결)

(Antonio가 갑자기 뛰어나와 Viola를 보고 Sebastian으로 착각하여 대결을 중지시킨다.)

Antonio: (Viola를 감싸며) Stop! Stop it!

Toby: Who are you? Why are you interrupting us?

Antonio: This is my old friend. I can't allow you to hurt my friend!

Toby: Don't say like that! This is a fair fighting!

(칼을 뽑자 Antonio도 똑같이 칼을 뽑는다. 그때 경관 등장)

Police: Wait! Stop it! (Antonio를 붙잡으며) I'll arrest you on the Count Orsino's order.

Antonio: Why? Why did he order you to arrest me?

Police: Don't you know that you shouldn't come here? Let's go! There is no time to lose.

Antonio: (Viola에게) Oh, my old friend! I'd like to give a help to you. . . . (뿌리치며) Sebastian! I'm sorry! (경관에 이끌려 퇴장)

(Toby, Feste , Andrew가 수군대는 가운데 Viola의 독백)

Viola: (독백) Did he say, "Sebastian" just now? My brother's name, Sebastian? Well . . . then. My brother is alive? I can't believe it. Oh, my brother! I'll ask him about it. Hey! You! (퇴장)

Toby: Eh! I've regarded him too great!

Feste: He is a coward! Damn it, a chicken!

Andrew: Right now! (앞으로 나서며) I'll give a blow to him!

Toby: (과장되게) OK. Go ahead! My wonderful knight!

(Andrew 퇴장. Toby, Feste 그런 Andrew를 비웃으며 뒤따른다.)

(불 꺼짐)

(Olivia 저택 근처의 한 도로)

(Sebastian이 길을 가고 있다.)

Sebastian: First, I should met the Count, Orsino.

(Toby, Andrew 등장)

Andrew: He is there! (달려가며) Damn it, a coward!

Sebastian: (한방 먹고 쓰러짐) Ouch! What are you doing now?

Toby: What? Don't you know it? You're making fool of us! Andrew!

(서로 엉키면서 싸운다. 이때 주로 Sebastian이 때리고 Andrew는 맞는 편)

Toby: Really now, I've never seen such a timid man as you. Hey, coward! Go at me quickly! (검을 잡는다.)

(Sebastian, 싸움에 응한다. Andrew 아파서 끙끙댄다.)

Sebastian: (검을 빼며) I don't know why you're saying such a swearword to me.

Andrew: (갑자기 벌떡 일어나며) You don't need to know about it! Toby! Fighting! (Sebastian 째려보자 다시 앓는 소리) Ouch! Eh . . . oh, my backache!

(Olivia 등장)

Olivia: (놀라며 싸움을 말린다.) Oh, dear! What are you doing. Stop! Stop it, quickly!

Toby: (Sebastian을 노려보며) Today, I'll not hurt you at my niece's request. But next time, I'll not forgive you. (홀로 퇴장)

Andrew: (눈치보다가) Hey! Toby! Come along with me! (퇴장)

Olivia: (다정하게 얼굴을 쓰다듬으며) I'm sorry. Didn't you get hurt in your body?

Sebastian: (당황하며) Ah! Well . . . Miss! Who are you?

Olivia: (살짝 눈을 흘기며) What? Are you joking now? I'm Miss Olivia!

Sebastian: No, I'm not joking. Well . . . then . . . You may be. . . .

Olivia: (끌어안으며) I'll not unfasten my arms. I love you. Why aren't you accept my love?

Sebastian: Accepting your love? I don't know. I'm disturbed now!

Olivia: Don't you really tell the truth? Are you playing trick on me? Shit! (돌아선다.)

Sebastian: (Olivia를 바라보며) Am I dreaming now? A woman whom I meet for the first time embraces me. Well . . . it doesn't feel bad to me. Am I falling in love with her?

Olivia: (다시 돌아서며) Even if I consider again. . . . (Sebastian이 멍하니 있자) Hey? Come to yourself!

Sebastian: (말없이 Olivia의 손을 끌어 자신의 가슴에 댄다.)

Olivia: Why? . . . Well . . . don't touch me!

Sebastian: I've lost my senses since I met you first. My heart is beating violently and I cannot calm my agitated breast.

Olivia: (부끄러워하며) You are a practical joker. I don't know anything. (손

을 뗀다.)

Sebastian: Please believe me. I'm not joking now. Can I love you, Miss?

Olivia: If you can devote yourself to me, I'll marry you.

Sebastian: OK! I'll swear by God. Oh, my beautiful Miss!

Olivia: Oh, I'm happy. It's not a dream, is it? Well . . . wait a moment, my darling. (볼에 살며시 키스하고 Clerk을 불러온다)

Sebastian: That beautiful woman is my love. (멍하니 보고 있다가 환호성을 지르며) Ladies and gentleman! I shall marry that beautiful woman! May this not be a dream! If I'm dreaming, don't let me awake.

(Olivia, Clerk 등장)

Olivia: This man will be the witness. (Clerk에게) We'll swear our love before you.

(Sebastian & Olivia 무릎을 꿇으며)

Sebastian: Today, we swear our permanent love. Be the witness to our swear.

Clerk: Yes. Congratulations! Well . . . kiss your loves each other!

(Olivia 부끄러워하며 살짝 피하자 Sebastian 끌어안는다.)

(불 꺼짐)

(*Twelfth Night* 5막 1장 공연장면)

Act V

(Olivia 저택의 정원)

(Orsino, Viola 등장해 있는 상태에서 Police가 Antonio를 끌고 등장,

잠시 후 Olivia, Maria 등장)

Olivia: Oh, Lord! Long time no see.

Orsino: How are you Miss? Miss Olivia! Can't you receive my love?

Olivia: I've already sworn eternal love with Cesario.

Orsino: (어이없어하며) Cesario? Eternal love? (Viola에게) What is Olivia saying? Miss! Don't play a joke on me. You are joking now, isn't it?

Olivia: I'm not joking now. If you don't believe me, I'll show you the proof. (Clerk을 불러온다.) This is the witness. (Clerk에게) Gentleman! Tell the truth to the Count.

Clerk: Yes. Lord, I was the witness of the swear.

Olivia: (인사하며) Thank you . . . thank you. Gentleman!

Clerk: (인사하며) Don't mention it! (퇴장)

Orsino: (더욱 화가 나서) Gosh! You betrayed me! Get away! Don't show up before me again!

Viola: Oh, Majesty! You do me wrong.

Olivia: Oh! Cesario! Don't forget our oath.

(Toby가 Andrew를 부축하며 등장)

Toby: Please send for the doctor.

Olivia: Oh, dear! Why did he get hurt?

Toby: (Cesario를 가리키며) That . . . that guy! He hit Andrew like this.

Andrew: Ouch! Eh! How it hurts me! (은근슬쩍 Olivia 곁으로 간다.)

Orsino: Cesario did it. . . . Is it right?

Andrew: Ouch! He hit me violently! Oh, my backache!

Viola: We didn't hurt any part of each other's body. Why are you telling a lie?

(Sebastian이 Olivia의 이름을 부르며 등장. Olivia를 껴안는다.)

Sebastian: (계속 껴안고 있는 상태에서) Oh, my darling! Olivia! I'm so weary without you.

Olivia: You . . . Cesario?

Sebastian: (풀어주며) What? What are you saying? Cesario?

Olivia: Your name is Cesario! And who's my true lover?

Antonio: (상황을 지켜보고 있다가 경관을 뿌리치며) Sebastian? Sebastian! Are you my true friend?

Sebastian: Antonio! Why are you arrested?

Antonio: If you are my true friend, Sebastian, it's enough for me only to nod your head.

Sebastian: (고개를 끄덕인다.)

Orsino: Just a moment! Well . . . if this man is your friend, Sebastian . . . Who's my servant?

Olivia: Who's my lover, Cesario?

Sebastian: Why are you asking me such a question?

Orsino: You can see it by your self! Your face is very very similar to Cesario's face.

Sebastian: (Viola에게 다가가) Are you the man, Cesario?

Viola: (궁금해하다가 Sebastian과 마주하여 얼굴을 보자 표정이 굳는다.)

Sebastian: (당황하여 말을 잇지 못한다.)

Viola: Ye . . . yes. I'm Cesario. My name is only one, but I have two names to survive in this trouble world.

Sebastian: It's ridiculous. How do you have the same appearance as I? And what's your original name?

Viola: As I said to you, I've two names. One is Cesario and the other is the name Viola that you, Sebastian love. Our parents may rest in peace in Heaven.

Sebastian: (Viola를 안으며)Viola! You are really my sister!

Viola: As I'm your sister, you are my brother.

Sebastian: Ladies and gentleman. As you see, this woman and I are twin.

Orsino: (Antonio의 어깨를 두드린다. 경관에게 나가라는 눈짓을 한다. Antonio, 경관, Toby, Andrew 모두 퇴장) (Viola에게) I can't believe it yet. You must have had much trouble in playing man's role.

Viola: Thank you, Majesty. Only the fact that you are understanding is enough for me.

Orsino: I hope to see your original face. I'll wait here. (Viola 퇴장)

Sebastian: (Olivia에게) Don't be surprised. You are my only love. Nothing is changed. I'll be on your side. I love you Olivia. (손에 입맞춤)

(Malvolio 등장)

Malvolio: Miss! Why are you treating me as a mad man? Am I mad? Am I crazy? (관중의 대답을 듣고) You know? The audience say, no!

Olivia: Why did you come here? Go out quickly! I don't know!

Malvolio: Miss! Be honest! Oh, my darling. Look at this ribbon! I covered my eyes with this ribbon. (리본을 코에 대며) Look at me. I can feel your fragrance from this ribbon yet.

Olivia: (리본을 살펴보며) This is not mine. Oh, Malvolio! You know the fact that I haven't used that ribbon.

Malvolio: (주저앉으며) Oh . . . my dear . . .

Olivia: (Maria의 얼굴을 보며) You must be playing trick on him. Malvolio! Don't be misunderstood.

Maria: Sorry, Miss. You're right. I am only playing trick on Malvolio.

Olivia: Oh, you are a fool. How could you be ridiculed by the woman?

Malvolio: Ridicule! (소리친다.) Ah! How dare such a humble woman make fun of me, Sir Malvolio? (하나하나 손가락질을 하며) I'll certainly revenge on all of you! (씩씩대며 퇴장)

Maria: Miss, never mind! (Viola 옷을 갈아입고 나온다.) Oh! Miss Viola is coming here. (퇴장)

Orsino: (Viola의 손을 잡으며) Listen to me. This woman is my true love. (Viola에게) Oh, my goddess! Up to now, I've been blind to your original shape. If you pardon me, I shall open my eyes again. Forgive me my mistakes.

Viola: Majesty! Don't mention it. I love you.

Orsino: Let's solemnize our marriage ceremony here.

Sebastian: Today is really happy day. Viola! Congratulation on your marriage!

Viola: Me, too.

Olivia: I'll not forget this happy day. Sebastian, I love you. (포옹한다.)

Orsino: Viola! I love you! (포옹)

(불 꺼짐)

– The End –

Twelfth Night
TRANSLATION
SCRIPT

Act I

Scene —— i

(Illyria 호의 갑판)

(갑판 위에서 몇몇의 사람들이 술을 마시고 대화를 나누며 흥겨운 분위기의 파티를 벌이고 있다. 쌍둥이 남매 등장. 눈만 내놓고 얼굴을 가린 채 춤을 추며 양쪽에서 등장. 노래를 부른다. 주위의 사람들 모두 춤을 추고 분위기가 더욱 고조된다. 그러다가 갑자기 천둥, 번개가 치고 배가 마구 흔들리며 쓰러지고 넘어지고 갑판 위는 난장판이 된다. 사람들 모두 물에 빠져 허우적댄다. 비명소리가 나고 급박한 장면이 전개된다. 이때 쌍둥이가 서로 헤어지게 된다.)

(불 꺼짐)

(Illyria의 어느 해변. Viola, Captain이 등장)

Captain: (Viola를 깨우며) 아가씨, 아가씨, 일어나세요, 정신 차려요.

Viola: (힘겨워하며 간신히 눈을 뜬다.) 아, Captain 님, 여기가 어딘가요? 우리가 살아있는 것 맞죠? 아니, 그보다 나의 오빠, Sebastian은요? 오빠 살아 계시죠? 맞죠?

Captain: 아가씨, 우리 모두가 살아있는 것은 맞아요. 그리고 여기는 Illyria라는 나라입니다. 하지만 아가씨, 놀라지 마세요. 아가씨의 오빠가 살아있는지 어떤지는 제가 알 수가 없습니다.

Viola: (안색이 창백해지며) 오, 오빠! 나는 이제 어떻게 해야 하나. 오 하느님 . . . (Captain의 칼을 빼앗아 들고 자결하려 한다.) 오빠, 제가 곧 따라가겠어요!

Captain: (다급하게 막으며) 아가씨! 오빠는 분명히 어디엔가 살아 계실 것입니다. 힘을 내세요!

아가씨! (Olivia가 베일을 쓰고 Maria의 부축을 받으며 등장) 오, 이런! 저기 사람들이 와요. 어서 저기 바위 뒤에 숨읍시다.

(뒤쪽으로 숨는다. Olivia가 Maria의 부축을 받으며 서 있다.)

Olivia: (슬픔에 잠겨 흐느낀다.) 아버지께서 돌아가시고 오빠도 그 길을 가셨으니 . . . 나는 이제 어떻게 혼자 살아가나?

Maria: 아가씨, 기운내세요. 두 분도 하늘나라에서 아가씨의 이런 모습을 보시면 역시 가슴 아파 하십니다. 바람도 찬데, 얼른 들어가시죠. (Orsino 등장, 인사를 나눈다.) 아, 저기 공작님께서 오시네요.

Orsino: Olivia 아가씨, 상심이 크시겠습니다. 괜찮으십니까? 많이 수척해 보이시네요.

Olivia: 안녕하십니까? 공작님! 죄송하지만 저는 지금 마음이 심란합니다. 이만 돌아가겠습니다.

Orsino: 아가씨! 잠깐만요. 실례를 무릅쓰고 여쭙겠습니다. 제가 며칠 전 드린 청혼은 생각해 보셨는지요?

Olivia: 죄송하지만 . . .

Orsino: 이해합니다 . . . 하지만 억눌린 감정의 탈출구를 찾고 있습니다. 저는 아가씨만을 사랑합니다. 아가씨! 아가씨는 당신을 향한 나의 마음에 불꽃을 지펴놓으셨어요. 저의 간청을 무시해서는 안 됩니다.

Olivia: 저는 당신의 사람이 될 수 없습니다. 당신의 사랑은 저에겐 과분합니다. (퇴장)

Orsino: 제가 어찌 당신보다 더 나은 여인을 맞이할 수 있단 말입니까? (Olivia가 돌아간 곳을 돌아보며 애틋하게) 오, 가녀린 Olivia! 내가 그녀의 상처입은 가슴을 위로해 주고, 그리고 나의 사랑도 전해질 수 없을까? (고민한다.) 그래! 좋은 생각이 있다. 노래 잘하고 악기를 잘 다루고 화술도 뛰어난 유능한 시동을 구해야겠군! 그 시동을 시켜 나의 사랑의 편지를 전하면, 그녀는 받아들일 거야. 그 멋진 생각이야! (손뼉을 치며) 빨리 시동을 구해야겠어. (퇴장)

Viola: 저분이 Orsino 공작님 맞죠? 불쌍한 Olivia 아가씨를 정말 열렬히 사랑하고 계세요. 그 마음에 동정심이 느껴져요. 게다가 . . . 아가씨의 지금 처지는 저랑 너무나 똑같아요! 제가 아가씨를 도울 방법이 없을까요?

Captain: 하지만, 아가씨가 Olivia 아가씨의 마음의 깊은 상처를 치료하는 것은 어려울 것 같습니다.

Viola: (Captain의 팔을 붙들고) 아니에요, 꼭 방법이 있을 거야 . . . 아! 좋은 생각이 났어요! 제가 Orsino 공작님의 시동 역할을 하는 거예요! 제가 남장을 하는 거예요!

Captain: (머뭇거리며) 하지만 아가씨가 남장을 해요?

Viola: (자신 있게) 저는 노래도 잘하고 악기도 잘 다루어요. 제가 그분의 시동으로 들어가면 틀림없이 Olivia 아가씨를 뵐 수 있을 거예요!

Captain: (망설이다가) 아, 아가씨. (체념한 듯이) 에라! 좋습니다! 제가 도와드리겠습니다!

Viola: (뛸 듯이 기뻐하며) 와! 고마워요! 정말 고마워요 Captain 님! 그럼 빨리 준비를 해야겠어요! 이 은혜 잊지 않을게요!

Captain: (쑥스러워하며) 오! 별말씀을, 아가씨! 대신 조심 또 조심하셔야 합니다. 만약에 비밀이 누설되면 우리는 위험한 상황에서 벗어날 수 없게 됩니다.

Viola: 걱정마세요! 잘 해낼 자신이 있어요!

Captain: (옆에서 거들어주며) 지금부터는 머리도 그렇고 옷차림, 걸음걸이, 목소리도 남자로 바뀌어야 합니다. 아! 그런데 이름은요?

Viola: 이름? 그것이 중요하네요. 음 . . . (고민하며) 아! Cesario! Cesario가 좋겠어요!!

Captain: Cesario? Cesario라 . . . 괜찮네요. 멋져요! 이젠 완벽한 남자군요.

Viola: 당연하죠! 음 . . . 하지만 왠지 긴장이 되네요. 이 머리카락도 어떻게 해야겠어요.

Captain: 얼른 마무리하고 공작님께 갑시다. 제가 먼저 가서 준비하겠습니다. (퇴장)

Viola: 고마워요, Captain 님, (독백) 그런데 . . . 정말로 Sebastian, 나의 오빠는 무사하실까? 오 하느님! 저를 오빠가 있는 곳으로 인도해 주소서. (한숨쉬며) 얼마나 상심이 크실까? 가엾은 아가씨 . . . 지금 나의 마음과 똑같을 거야. 아버지, 어머니! 저의 길을 지켜주세요! 전 꼭 Olivia 아가씨를 도와야 해요. 제게 용기를 주세요.

(불 꺼짐)

(Orsino 공작의 거실)

(Orsino가 책을 보고 있다.)

Orsino: 왜 아직 좋은 소식이 없는가? 시간이 흐를수록 자꾸만 안달이 나는군. 오, 나의 사랑, Olivia. 조금만 기다려주오. 내 그대를 슬픔에서 속히 구해 주리다.

Captain: (목소리만 들림) 누가 계십니까? 들어가도 될까요?

Orsino: 누구시오? 들어오시오. (Captain 등장)

Captain: 공작님, 안녕하십니까? 저는 Illyria의 영주민이며 'Illyria 호' 선장인 Captain입니다. 다름이 아니라 공작님께서 시동을 구하신다는 공지문을 보고 이렇게 한걸음에 달려왔습니다.

Orsino: 그래. 확실히 그런 방은 붙였네만 . . . 어떤 아이인가? 평범한 시동을 원하는 것이 아니네. 그 시동은 매우 중요한 일을 해야 해.

Captain: 알고 있습니다. 제가 최선의 신중을 기해서 선택했습니다.

Orsino: 외모는 어떠한가? 노래도 잘 하고 악기도 잘 다루겠지? 화술은 어떤가?

Captain: 외모는 잘생겼습니다. 게다가 세상에서 제일 고운 소리를 지닌 새들도 매료시키는 아름다운 목소리를 가지고 있습니다.

Orsino: 백 번 듣는 것보다 한 번 보는 것이 낫다고 하지 않았는가? 얼른 그 아이를 데려오게.

Captain: 예. Cesario! 들어오너라. (Viola가 Cesario로 변장하여 등장)

Viola: (인사하며) 안녕하십니까? 저는 당신의 백성으로서 공작님을 돕고 싶습니다. 무슨 일이든 시켜 주십시오. (계속 숙인 자세)

Orsino: 그래 잘 왔다. 너의 얼굴이 보고 싶구나. 고개를 들도록 해라.

(Viola가 고개를 들자 Orsino를 보고 반하게 됨)

Viola: (넋이 나감) (독백) 내 앞에 계신 이 분이 Orsino 공작님이란 말인가? 저분이 진정 사람인가 신인가? 저 멋진 얼굴과 눈동자. 마구 요동치는 내 심장 소리를 저분도 들을 수 있을까? 너무나 크게 들리는 내 심장 소리를.

Captain: Cesario, 정신을 차려라! 죄송합니다. 용서해 주십시오. 공작님!

Orsino: 됐다. 내 앞이라 긴장을 많이 한 것 같구나. 그런데, 너의 이름이 무엇이라고 했느냐?

Viola: (정신을 차리며) 죄 . . . 죄송합니다. 제가 크나큰 실수를 . . . 저의 이름은 바 . . . 아니 세 . . . Cesario입니다. 미천하지만 노래와 악기에 재주가 있습니다.

Orsino: 오, 그래? Cesario! 자, 너의 재능을 어서 보여 보아라!

Viola: 네, 그렇게 하겠습니다. (노래)

(Orsino, Captain이 박수를 친다. Viola, 머쓱해한다.)

Captain: 어떻습니까? 공작님, 마음에 드셨는지요?

Orsino: (만족해하며) Captain! 이거 기대했던 것 그 이상인데! (Viola를 보며) 아주 좋아! (Cesario의 어깨를 두드리며) 내가 당장 너를 시동으로 삼겠다. 이제 너는 아주 중요한 일을 하게 될 것이다.

Viola: (기뻐하며) 정말 고맙습니다, 공작님! 분부대로 거행하겠습니다.

Orsino: 그래, 나 또한 기쁘구나. 이렇게 쉽게 훌륭한 시동을 구했으니 . . . (Captain에게 돈주머니를 주며) Captain, 여기 수고비요. 수고하셨소.

Captain: (허리를 굽히며) 감사합니다, 공작님. 저는 그만 물러가 있도록 하겠습니다. (Viola와 눈짓을 교환하며 미소 짓는다.) (시선을 교환하는 사이 공작은 다시 책을 본다.)

Viola: (헛기침을 하며 공작의 시선을 끈다.) 저 . . . 공작님 . . . (Orsino가 보자 긴장하며) 저기, 저기 (공작의 눈길에 어쩔 줄 몰라하며) 공 . . . 공작님 제 . . . 제가 시동이 되었으니 뭐 시키실 일이라도 . . . (고개를 숙이며 얼굴이 붉어진다.)

Orsino: (고개를 갸웃하며) 아, 그래. 그런데 얼굴은 왜 그렇게 붉어진 게냐? (가까이 다가가며) 혹시 몸이 아픈 것이냐? (이마에 손을 대 본다.) 열은 없는 것 같은데 . . .

Viola: (당황해하며 떨어진다.) 아니, 아닙니다. 괜찮습니다. (억지로 웃음 지으며) 보세요! 전 괜찮습니다. (화제를 빨리 딴 데로 돌리며) 공작님, 저는 무슨 일을 해야 하는지요?

Orsino: (지그시 보다가) 아, 자네가 해야 할 일은 나의 사랑 Olivia에게 가서 내 대신 나의 사랑

	을 고백하고 나의 마음을 전하는 것이지. 그리고 내가 필요로 할 때 나의 시중을 들어주면 된다.
Viola:	(멍해 있다.)
Orsino:	(손을 휘저어 보며) 알겠어? Cesario? 정신을 차려라! 내 말을 듣고 있냐?
Viola:	(퍼뜩 정신을 차리고) 예? 예! 당연히 빠짐없이 듣고 있었습니다. 그럼 공작님, 지금 당장 Olivia 아가씨 댁에 갈까요?
Orsino:	그래 얼른 가 보아라. 실수 없도록 해야 한다. 너는 잘 할거라 생각한다. 그럼 나는 가서 쉬도록 하겠다. (웃으며 퇴장)
Viola:	예, 잘 알겠습니다. (공작이 나간 것을 보고) 하, 정말 숨을 제대로 쉴 수가 없네. 내 가슴이 왜 이렇게 뛰는지? 나의 감정을 주체할 수 없어. 내가 그분을 사랑하게 된 건가? 하늘에 계신 아버지, 어머니! 너무나 가슴이 아파요. 이제 저는 어떻게 해야 하죠? 나의 마음은 그분에 대한 생각으로 가득 차 있어요. 하지만 그분의 가슴속엔 제가 아닌 다른 여인 생각으로 가득 차 있어요. 저는 이미 그분과 그분의 생각을 이 가슴속에 담아 두었어요. 하지만 어떻게 하면 그분의 마음을 저에 대한 생각으로 채울 수 있을까요?

(불 꺼짐)

Act II

(해변)

(Sebastian이 쓰러져 있고 Antonio 등장, Sebastian을 발견한다.)

Antonio: 아니? 웬 사람이? 이보시오? 이런. 이 사람을 다른 곳으로 옮겨야지.

(Sebastian을 업어서 힘들어 할 때, Feste 등장)

Antonio: 저기, 저 좀 도와주시겠습니까? 아시다시피 저 혼자는 이 사람을 지탱할 수가 없어요.

Feste: 당연히 도와드려야죠. 제가 이 사람을 등에 업겠습니다. (억지로 Sebastian을 업으려고 한다.)

Antonio: (Feste를 말리며) 혼자서는 무리예요! 그만하세요! (Feste 넘어짐) 저런! 괜찮습니까? (Sebastian에게 달려간다.)

Sebastian: (충격으로 깨어남) 아! 머리 아파!

Antonio: 아, 정신이 드나요?

Feste: 이봐요! 저는 걱정 안 해주나요? 아이고 . . . 허리야!

Sebastian: 네, 괜찮은데 . . . 머리가 좀 아프군요 . . .

Antonio: (Feste에게) 심하지는 않네요. (Sebastian에게) 잠시 더 누워 계십시오. 저는 Antonio라고 합니다만, 당신의 이름은 무엇입니까?

Sebastian: Sebastian이라고 합니다. 저를 구해주셔서 고맙습니다.

Feste: 어이! 여기 나도 한 몫 했어요! 당신을 깨우는 데 좀 힘을 뺐지만 . . .

Sebastian: 두 분 모두 감사합니다. 제가 보답을 할 것입니다 . . .

Antonio: 보답이라뇨! 그런 말씀 마세요. 몸이나 잘 돌보십시오.(부축한다.)

Feste: (물끄러미 보고 있다가 웃으며) 두 분은 방금 만났으면서도 아주 오래 전부터 사귄 친한 친구 사이 같군요.

Sebastian: 네? 무슨 말씀인지요?

Feste: 아닙니다. 그저 혼잣말이었어요. 음 . . . 이만 가보겠습니다. 저는 먼 길을 가야 합니다. (퇴장)

Antonio: 오늘은 많은 인연을 만나는군요. 그런데 어떻게 해서 여기에 쓰러져 계신 거예요?

Sebastian: 제 쌍둥이 여동생과 배를 타고 여행을 하고 있었죠. 도중에 배가 난파되어 제 여동생과는 서로 생사를 알 수 없게 되었죠. 부모님 두 분 모두 돌아가신 후로는 저희 남매가 서로를 의지하고 지냈었는데 말입니다.

Antonio: 힘내세요! 우선 몸을 돌보셔야 합니다. 얼른 가시죠.

Sebastian: 목숨을 구해주신 데다가 이렇게 제게 호의를 베풀어주시니 . . . 감사하다는 말씀밖에 드릴 수 없군요.

Antonio: 아까 Feste가 한 말처럼, 당신이 정말 저에게 오랜 친구 사이같이 느껴지는군요. 그냥 Sebastian이라고 불러도 될까요?

(불 꺼짐. 몇 초 후 다시 켜짐)

(Sebastian이 자신의 짐을 챙기면서 Antonio에게 작별을 고한다.)

Sebastian: 상당히 오랫동안 당신에게 신세를 졌군요. 그동안 감사했습니다. 덕분에 제가 이렇게 치유되었으니 이제 떠날까 합니다. 저는 저의 동생을 찾아야 합니다. 그런 후에 돌아올게요, Antonio!

Antonio: 당연하죠, Sebastian! 힘내십시오! 꼭 좋은 소식을 가지고 오세요! Sebastian! 행운이 함께하기를! (독백) 말은 이렇게 했지만 마음이 편치 않구나. 불안한 느낌을 지울 수가 없네. 에잇! 친구가 무엇인가? 내가 그를 도와야 해. Sebastian! 나도 가겠소! (퇴장)

(불 꺼짐)

(Olivia의 집 정원)

(Toby, Andrew가 어깨동무하고 비틀거리며 술에 취해 등장. 후에 Feste 등장,

세 명이 모여 주정이 더 심해지고 노래를 부른다. Maria 등장)

Maria: Toby 님과 Andrew 님! 여기 계셨군요! 아휴, 술 냄새! 두 분 다 귀족이시잖아요. 제
발 체면 좀 지켜요.

Toby: Maria, 자네도 한잔할 거야? 너 말이 맞아. 나는 귀족이야.

(Malvolio 등장)

Malvolio: 안녕하십니까? Toby 님과 Andrew 님? 밤새에도 안녕하셨습니까? 저는 두 분의 너
무나 아름다운 소리를 들으며 아주 잘 잤지요.

Andrew: 거 다행이군. 나도 잘 잤지. 자네와 함께 못해서 유감이었네.

Malvolio: 염려해 주신 점 감사드립니다만, 더 이상 두고 볼 수 없군요. 이 집안을 관리하는 집사
로서 말씀드립니다. 술 주정은 이제 그만 하세요.

Feste: Malvolio 님! 사람은 가끔씩은 즐길 줄도 알아야지요. 강한 돌풍에 굳건한 나무는 언
젠가 꺾이게 마련입니다. 반면에 갈대는 바람이 불어도 잘 꺾이지 않죠.

Malvolio: 감히 너가 나를 가르치려고 드는 거야? 너는 이 집의 하인일 뿐이야!

Maria: 알겠습니다, 집사님! 죄송합니다. 이 아랫것이 예의범절을 몰랐던 것 같습니다. 용서
해 주세요.

Toby: 오 아니지 . . . 그대는 나쁜 짓은 하지 않았어 . . . 어이, 집사님! 이리와서 자네도 한 잔
받으시게!

Andrew: 내가 쏘는 거야! 아주 귀한 와인이지! 그것도 100년 이상 숙성된 최고급인걸! 자네가
언제 이런 와인을 맛볼 수 있겠나?

Toby: 맞아. Andrew 경이 아니면 누가 이런 귀한 것을 구하겠나? 큰 부자만이 이런 것을

가질 수 있으니 말이야.

Malvolio: 제가 감히 어떻게 귀하신 분들과 술을 나누겠습니까? 하지만 체면 좀 지켜주십시오, 귀족님들. 저 집사 따위는 이만 물러갑니다.

Maria: 어머! Malvolio 님, 당신은 고귀하고 높으신 분입니다.

Feste: 한껏 허리를 꼿꼿하게 펴고 걸으세요. 안 그러면 초라한 늙은이로 무시 받을 수도 있으니까요. 살펴 가십시오, Malvolio 님!

(Malvolio 노려보고는 퇴장)

Maria: 정말 못 봐 주겠네!

Toby: 나도 역시 그래. 아름다운 아가씨!

Andrew: 너무 어려운 양반이구만. 에이!

Maria: 이렇게는 더이상 못 참겠어 . . . 어떻게 한다? (손뼉을 치며) 그를 한번 멋지게 골려주는 것이 어떨까요? 저에게 좋은 생각이 있어요!

Toby: (궁금하지만 장난스럽게) 그게 무엇입니까? 아름다운 아가씨!

Maria: (맞대응하며) 멋진 신사이신 Toby 님! 아무도 없는 밤중에 이 저택의 뒷길은 아주 깜깜합니다.

Andrew: 맞아! 그 곳은 밤이면 유령이 생각나는 곳이야. 그런데 그곳은 왜?

Feste: Maria가 좋은 제안을 할 것 같은데.

Maria: 잘 들어요. 그 뒷길에서 집사가 매일 산책을 한다고요. 그것도 한밤중에! 그럴 때 기회를 틈타서 놀려주는 거예요!

Andrew: 좋아, 그 좋은 생각이다.

Maria: 제가 목소리 하나는 잘 흉내 낼 수 있죠. 해 볼게요. (Olivia 목소리를 흉내 낸다.) Malvolio, Malvolio!

Andrew: Olivia 목소리와 똑같아.

(Olivia가 Maria를 부르는 소리가 들린다.)

Olivia: Maria! Maria!

Maria: (놀라며) 어머! 아가씨예요! 자! 내일을 위해서 오늘은 푹 쉬세요! (큰소리로) 예, 아가씨! 곧 가겠습니다!

(Toby와 Andrew 퇴장하고 Olivia 등장한다.)

Olivia: Maria, 오늘도 공작님 댁에서 사람이 오면 너의 화술을 활용해서 돌려보내.

Maria: 예, 잘 알겠습니다.

Viola의 목소리: 여보세요? 계십니까? 들어가도 되겠습니까?

Feste: 이런! 손님이 오셨네요. 그럼 저는 이만 가보겠습니다. (Maria 함께 퇴장)

(Viola 등장)

Viola: (Olivia 앞에서 인사하며) 안녕하세요. 저는 Orsino 공작님의 시동입니다. 공작님의 사랑의 편지를 전해 드리러 왔습니다.

Olivia: 하지만 제 마음속에는 다른 분이 계십니다. 그분은 지금 저의 가까이에 있습니다. (Viola를 쳐다 봄)

Viola: 아가씨, 다시 한번 더 생각해 주세요. 생각하실 시간이 필요하다면 제가 나중에 다시 오겠습니다. 그럼 이만. (인사하고 나가려고 한다.)

Olivia: (벌떡 일어나며 팔을 잡는다.) 잠깐! 잠깐 기다려요! 솔직히 말하면 저는 그분을 사랑하지 않습니다. 하지만 당신이 . . . 당신이 나의 사랑일 수도 . . .

Viola: 아가씨. 아닙니다. 저는 하인일 뿐입니다. 주인님의 하인. 이제 가 보겠습니다. (퇴장)

Maria: 흥! 구역질 나는 시동이었어. 내일도 오기만 해봐 . . . 아가씨, 차 마실 시간이 되었네요. 잠깐만 기다리세요. (퇴장)

Olivia: (멍하게 Viola가 나간 곳을 보며) 정말 멋진 사람인 것 같아. 그가 나를 숨이 멎게 해. (정신을 차리며) 아! 이런 나 좀 봐! 정신이 나가다니. 누가 나를 보면 . . . 어떻게 생각하겠나? Malvolio!

(Malvolio 등장)

Malvolio: 오, 아름다운 아가씨! 무엇을 도와드릴까요?

Olivia: 이 목걸이를 아까 그 시동에게 돌려주도록 하시오. 그가 공작님의 제안에 대한 나의 거절의 표시로 이해할 거야. 얼른 가서 돌려주시오.

Malvolio: 예, 아가씨. 신속히 돌아오겠습니다. (목걸이를 받고 퇴장)

Olivia: (Malvolio가 나간 것을 확인한 후) 방금 내가 무슨 짓을 한 거지? 그 시동의 매력에 이 끌려 그 앞에서 정신을 차리지도 못한 데다가. 오, 아니야 . . . 하지만 그가 나를 그의 손아귀에서 놓지 않고 있는걸. 내가 그를 사랑하고 있어. (퇴장)

(불 꺼짐)

Scene —— iii

(Orsino 공작의 거실)

(무대에서 Orsino가 칼을 다루고 있다. Viola 등장)

Viola: (인사하며) 공작님 돌아왔습니다. Olivia 아가씨께 다녀왔습니다.

Orsino: 아, 왔는가? 답이 무엇인가?

Viola: (머뭇거리다가) 공작님! 아가씨께서는 공작님의 사랑을 거절하 . . .

Orsino: 뭐? 무슨 말을 하는 거야?

(Feste 등장)

Feste: 공작님, 안녕하십니까? 여행과 노래를 사랑하는 Feste입니다! 제가 방금 지은 노래가 있어 공작님께 꼭 들려드리고 싶은데 괜찮으시겠습니까?

Orsino: 그래. 어디 한번 불러 보거라. 사랑에 대한 노래면 좋겠는데 . . .

Feste: 예, 공작님! 그럼 저의 노래를 감상해 보십시오. (노래)

(Orsino, 노래를 감상한다.)

Orsino: 그래 수고했다. 여기 너의 노래에 대한 값이다. 너의 그 목소리도 여전하구나. 하지만 Olivia . . . 그녀의 마음을 어떻게 바꿀 수 있을까? . . . 난 정말 그녀를 사랑하는데 말이야.

Feste: 공작님, 어젯밤에 하늘에서 많은 행운의 별을 보았어요. 좋은 행운이 있기를 바라요.

저는 이만 물러갑니다. 편히 쉬십시오. (퇴장)

Orsino: Cesario, 다시 가서 이렇게 전해라. Olivia! 부디 나의 사랑을 받아주시오. Orsino의 사랑이란 이름의 반지를 낀 그대의 아름다운 손을 보고 싶소. 다시 그녀에게로 가서 말이야!

Viola: 예, 공작님. (독백) 이미 나의 사랑은 너무 깊어져서 포기할 수 없을 지경이야. 그분에 대한 나의 사랑을 포기할 좋은 방법은 없을까? 내가 지금 어떻게 해야 하나? . . . 오, 나의 사랑 . . . Orsino 공작님!

(불 꺼짐)

Act III

(Olivia 저택의 뒷길)

(Maria, Toby, Andrew 등장)

Andrew: 우, 으시시해. 그런데 아직 그 집사는 안 나타나는 거지!

Toby: 난 벌써 긴장돼서 온몸이 떨려. Butler! 어서 나타나라!

Maria: Toby 님, 이리와 봐요. (Toby에게 귓속말을 한다. Toby 의미심장한 웃음을 지으며 Andrew를 바라보곤 Maria와 눈짓. Andrew는 정신없이 두리번거린다.) 아셨지요? 중요한 겁니다. Andrew 님이 좀 불쌍하긴 해도요.

(Malvolio 고개를 빳빳이 들고 오만한 걸음걸이로 등장)

Maria: 두 분은 지켜보기만 하세요. 어서 숨어요! (Andrew, Toby 숨는다.)

Malvolio: 나는 오늘도 집사로서 보람을 느끼는 완벽한 하루였어! 아마 아가씨도 마찬가지일거야. (웃으며) 당연하지 않은가? 내가 이 집의 집사이니까.

(Maria가 Olivia 목소리를 낸다.)

Maria: Malvolio! Malvolio! 어디 계셔요?

Malvolio: 이게 누구지? 틀림없이 아가씨 목소리야. Olivia! 잠깐만요! 제가 갑니다!

Maria: (Malvolio의 눈을 리본으로 가린다.) Malvolio. 날 잡아봐요!

Malvolio: 기다려요! 내가 비록 눈이 가려져 당신의 아름다운 모습을 보지 못하더라도 (코를 벌름거리며) 나비가 향기로운 꽃으로 날아가듯이 Malvolio가 당신을 향해 날아가겠소!

Maria: (뒤에서 어깨를 잡는다.) 어머, 정말요? 저의 향기가 느껴지나요? 감동이에요! 어떻게 나의 향기까지 기억하세요?

Malvolio: (웃으며) 당연하지 않소, 나의 사랑! 그런데, 목소리가 좀 바뀐 것 같소.

Maria: (약간 당황하며 기침한다.) 감기가 걸려서 그래요.

Malvolio: 정말이오?

Maria: 흐응 . . . 정말 못 믿는 건가요? (Toby에게 손짓. 끄덕이며 Andrew를 끌고 온다. 영문을 모른 채 끌려오다가 얼굴을 들이미는 것을 느끼고 필사적으로 저항. Toby가 Malvolio의 얼굴에 Andrew 입술을 들이댄다.) 사랑해요. Malvolio! 전부터 당신의 마음을 알고 있었어요. (Andrew 뒤에서 운다. Toby 낄낄댄다.)

Malvolio: 정말이오? 오, Olivia! 너무나도 행복하오!

Maria: (더욱 콧소리를 내며) 저도 그래요! Malvolio 님! 지금까지 우리의 사랑을 위해 너무 가슴 아팠어요. (우는 척)

Malvolio: 오, 정말! 눈물을 거두어요, Olivia. 나 그대를 위로해 줄게요 . . . 그대 편에서. 그런데 이 천을 벗겨주면 안 될까? 당신의 아름다운 얼굴을 보고 싶어.

Maria: 안 돼요. 오늘 밤은. 대신. (Andrew에게 손짓. Andrew 씨익 웃으며 Toby를 바라본다. Toby 뭔가를 느끼고 도망가려 하지만 잡혀서 Malvolio의 볼에 키스. Toby 굳어 버린다.) 이건 약속의 키스예요. 당신과 나 둘만의 키스!

Malvolio: 아, 저기 . . . (부끄러워하며) 저기 . . . 나는 . . .

Maria: (Malvolio의 입을 손가락으로 막으며) 쉿! 당신이 정말 나를 사랑한다면 내일 아침, 저만을 위해서 멋지게 차려입고 오세요. 그리고 나의 이름을 당신의 사랑스러운 엉덩이로 써주세요. 다음에 제 손등에 키스를 해주세요.

Malvolio: (망설이다가) 알겠소! 하겠소! 그리고 Olivia! 당신에게 키스도 할게.

Maria: (당황하지만 억지로 웃으며) 그럼 어디 해봐요. 아까 나의 향기를 기억한다고 하셨죠? (손뼉을 치며 퇴장) Malvolio! 나 여기 있어요! 잡아봐요! (Toby, Andrew 발을 크게 굴러서 Malvolio를 유인)

Malvolio: (발구르는 소리에 따라감) 기다려 주오, Olivia! 대체 어디 있는 거요? (Toby가 건 발에 걸려 넘어져 구르면서 퇴장. Toby, Andrew 크게 웃는다.)

Andrew: Toby 경! 너무 웃기네! 아이고! 그런데 Maria는 어디 갔지? (두리번거린다.)

Toby: 글쎄 . . . 벌써 가버린 건가? Maria, Maria! (Toby, Andrew 퇴장)

(불 꺼졌다 몇 초 후 다시 켜짐) (Olivia 등장)

Olivia: 이상하네. 항상 Maria가 먼저 나왔었는데 . . . Maria!

(Maria 등장)

Maria: 네, 아가씨! 찾으셨습니까?

Olivia: Maria, 왜 이렇게 늦었어?

Maria: 죄송해요, 아가씨. 제가 그만 늦잠을 자 버렸어요. 용서해 주세요.

(Malvolio 이상한 복장으로 등장)

Malvolio: 아가씨, 안녕하십니까? 정말 아름답고 영광스러운 아침입니다!

Olivia: (옷을 보고 이상하게 생각하며) 좋은 아침이에요. 그런데 무슨 일 있나요?

Malvolio: 네, 있었지요. 정말 행복하고도 은밀한 밤이었지요. 저는 절대로 잊지 못할 겁니다.

Olivia: 아, 그래요? 간밤에 무슨 일이 있었나요? 그것이 뭐죠?

(Toby, Andrew 등장)

Andrew: 좋은 아침입니다. 다들 간밤에 잘 쉬었는가?

Toby: Olivia, 날이 갈수록 아름다워지는구나.

Olivia: 안녕하세요? Toby 님과 Andrew 님.

Toby: Malvolio? 아니 이게 무슨 꼴인가? 대체 이 옷은 어디서 난 거요?

Malvolio: (무시하며) 오, 귀여운 아가씨. 곧 나의 사랑을 증명하겠소. (엉덩이로 이름을 쓴다.)

자, 보세요! 나는 이제 당신 사랑의 노예입니다. 당신 뜻대로 하였소!

(Olivia 표정이 찡그려지고 뒤에서 세 명은 웃음을 억지로 참는다.)

Andrew: 집사 양반, 당신 미쳤소?

Maria: Malvolio 님, 지금 뭘 하고 계세요? 왜 이런 이상한 행동을 하세요?

Malvolio: 하! Maid! 너는 알 필요 없어! (Maria를 밀어내고 Olivia를 껴안는다.)

Olivia: 뭐하는 짓이에요! 이 나쁜 놈!

(Malvolio의 급소를 찬다. Olivia, 도망쳐 Andrew 뒤에 숨는다.)

Andrew: (기뻐하며) 걱정하지 마오! 이 Andrew가 지켜주겠소!

Maria: 저 나쁜 사람을 쫓아내요! 저 미친 사람을!

Toby: Andrew 경! 어서 와서 도와줘! 끌어내자! 당신 정말 미친 것 아냐? 이봐! 정신차려

(Malvolio의 뺨을 때린다.)

Andrew: 정신차려! 혹시 미친 개한테 물린 게 아닐까?

Malvolio: 뭐야! 당장 이것 놔. 놓으란 말이다.

Toby: 정신차릴 때까지 혼자 있어 봐! 가자.

Andrew: 그리고 약도 꼬박꼬박 넣어줄게. 다 자네를 위해서야.

Maria: 불쌍한 양반, 제가 맛있는 음식도 함께 넣어 드릴게요!

Malvolio: (저항하며) 이것 놔! 아가씨. 아가씨! 나의 사랑, Olivia!

(불 꺼짐)

Scene —— ii

(Illyria의 한 도로)

(Sebastian이 등장해 있는 상태, Antonio 등장)

Antonio: Sebastian! Sebastian! 잠깐 기다려요!

Sebastian: 누구세요? 아니, Antonio! 돌아가십시오. 위험할 수도 있어요!

Antonio: 주변 사람에게 짐이 되고 싶지 않으심을 잘 압니다. 하지만 Sebastian, 진정한 친구란 어려울 때 돕는 친구입니다. 어디로 가는지 말씀해 주세요.

Sebastian: Orsino 공작님께로 갈 것입니다. 그분은 너그러운 성품이라 저에게 도움을 주실거라고 생각합니다.

Antonio: (당황하나 애써 감추며) 그래요? 조심하세요. 좋은 소식 기다릴게요.

Sebastian: 그럼 저는 가보겠습니다. (악수하며) Antonio, 그럼 잘 계십시오.

Antonio: 신께서 당신을 지켜주실 겁니다. 행운이 있기를, Sebastian! (퇴장)

(잠시 후 Sebastian이 퇴장하다 때마침 들어오는 Viola와 부딪힌다.)

Viola: 이런! 죄송합 . . . (Sebastian 지나친다.) 아니? 방금 그 남자. 낯이 익었는데, 누구지? 이런, 멍하니 있으면 안 되지! 시간이 없구나. 얼른 서둘러야겠어! (퇴장)

(Olivia 등장)

Olivia: (꽃을 들고) 오, 내 사랑! 예스? . . . 노? . . . 예스? . . . 노? 내가 그를 사랑하고 있나? 사랑, 사랑, 사랑이라 . . . 아, 신실한 사랑이 무얼까? . . .

Viola: (노래 간주 중에 꽃을 들고) 예스? . . . 노? . . . 예스? . . . 노? 사랑, 사랑이라 . . . 아, 신실한 사랑이 무얼까? . . . 나는 Orsino 공작님을 사랑하고 그분은 Olivia 아가씨를 사랑하니 . . . 사랑 . . . 사랑은 단지 고통의 바다이네! (노래가 끝난 뒤 무대로 올라오고 인사)

Olivia: "사랑은 단지 고통의 바다"라고들 하는데. 왜 그럴까?

Viola: (말없이 목걸이를 건네준다.)

Olivia: (당황해하며) 오 맙소사. 결국 . . . 거절인가요? 왜죠? 저는 당신을 사랑합니다. 당신과 저 사이에 무엇이 문제죠? (Andrew 등장. 소리를 죽이며 숨는다.)

Viola: (놀라워하며) 아가씨! 진정하십시오. 저는 당신의 시동입니다. 체면을 지키시지요.

Olivia: 체면? "체면"이라 하셨나요? 그것 중요하지 않습니다. 나는 영원히 당신을 사랑합니다. 당신은 저를 어떻게 생각하시나요?

Viola: 오, 아가씨! 지금 무슨 말씀을 하십니까?

Olivia: (말없이 쳐다보고만 있다.)

Viola: 당신은 저에게는 주인님이 사랑하시는 분일 뿐입니다. 저는 당신을 저의 사랑으로 여길 수 없습니다. 그럼 가보겠습니다. (퇴장)

Olivia: 다음에도 또 들러 주실 거죠? 기다릴게요! (돌아볼 때 Andrew가 서 있다.) (깜짝 놀라며) An . . . Andrew 경? 무슨 일이죠?

Andrew: (진지하게) 나 . . . 나 . . . 나는 당 . . . 당신을!

Olivia: 뭐라고요? Andrew 경! 어서 말하세요.

Andrew: (큰소리로) Olivia 아가씨, 사랑해요.

Olivia: (놀라며) 뭐라고요? 다시 한번 말씀해 주실래요?

Andrew: 사랑한다고요! 사랑한다고 했습니다. (과장되게) 부디 저의 불타는 사랑을 받아주십시오.

Olivia: (화를 내며) Andrew 님! 저를 놀리시는 거예요? 실망했어요. (퇴장)

Andrew: (당황하며) Olivia, 잠깐 기다려요! Olivia! (털썩 주저앉으며, 잠시 침묵) 왜? 왜! 나는 안 돼? 나도 사랑한다고! (운다.) Olivia! Olivia! 나도 사랑해!

(불 꺼짐)

Act IV

(Olivia 저택 근처의 한 도로)

(무대 아래쪽에서 Viola 등장)

Viola: 오, 맙소사! 이걸 어쩌나? 일이 점점 더 어려워지고 있으니.

(무대 위쪽에서 Toby와 Feste 등장)

Toby: 저 사람이 Orsino 공작의 시동이 맞는 거지? 이봐요! 거기 서봐요.

Viola: (돌아보며) 부르셨나요? 무슨 일입니까?

Feste: 한 신사분이 당신께 결투를 신청했습니다.

Viola: (놀라며) 예? 저와 결투를요? 저는 누구와도 겨루어 본 적이 없는데요!

Feste: 잠깐 기다려 보십시오. (Toby, Feste가 수군댄다.)

Toby: 자! 그러면 Andrew 경을 소개합니다. 이분이 결투 신청자입니다.

(Andrew 긴장. 뻣뻣한 모습으로 나온다. Feste와 Toby가 시선을 교환하며 High-Five)

Toby: 자 . . . 두 분 서로 정정당당한 승부가 되길 바랍니다. 그럼, 시작!

(대결)

(Antonio가 갑자기 뛰어나와 Viola를 보고 Sebastian으로 착각하여 대결을 중지시킨다.)

Antonio: (Viola를 감싸며) 멈추시오! 멈춰요!

Toby: 당신은 누구요? 왜 우리를 방해하는 겁니까?

Antonio: 이 분은 저의 오랜 친구입니다. 당신이 내 친구 해치는 걸 허용할 수 없어요.

Toby: 그런 말씀 마시오! 이건 정당한 결투이니까!

  (칼을 뽑자 Antonio도 똑같이 칼을 뽑는다. 그때 경관 등장)

Police: 잠깐! 멈춰라! (Antonio를 붙잡으며) Orsino 공작님의 명으로 너를 체포한다.

Antonio: 왜요? 왜 그분이 우리를 체포하라고 하셨죠?

Police: 여기에 오면 안 된다는 것을 모르는가? 얼른 가자! 시간 없다.

Antonio: (Viola에게) 오, 나의 오랜 친구. 당신을 도와주고 싶었는데 . . . (뿌리치며) Sebastian!

  미안하오! (경관에 이끌려 퇴장)

  (Toby, Feste, Andrew가 수군대는 가운데 Viola의 독백)

Viola: (독백) "Sebastian"이라니? 우리 오빠의 이름이었어! 그러면 . . . 우리 오빠가 살아

  있다는 건가? 믿을 수가 없어! 아, 오빠! 저분에게 물어봐야 겠다. 이봐요! (퇴장)

Toby: 거참! 내가 그 사람을 너무 크게 봤어!

Feste: 저런 겁쟁이였다니! 에이 비겁한 놈!

Andrew: 지금 당장! (앞으로 나서며) 이 몸이 나서서 한방 먹이겠어!

Toby: (과장되게) 자! 지금 나서세요! 멋진 기사님!

  (Andrew 퇴장. Toby, Feste 그런 Andrew를 비웃으며 뒤따른다.)

  (불 꺼짐)

Scene —— ii

(Olivia 저택 근처의 한 도로)

  (Sebastian이 길을 가고 있다.)

Sebastian: 우선 Orsino 공작님을 만나봐야 할 텐데 . . .

  (Toby, Andrew 등장)

Andrew: 저기 있었군! (달려가며) 에이, 겁쟁이!

Sebastian: (한방 먹고 쓰러짐) 어이쿠! 이게 무슨 짓입니까?

Toby: 뭐? 무슨 짓이냐고? 너는 우리를 우롱했어! Andrew!

(서로 엉키면서 싸운다. 이때 주로 Sebastian이 때리고 Andrew는 맞는 편)

Toby: 거참, 너같은 겁쟁이를 본 적이 없어. 이봐! 겁쟁이! 어서 나에게 덤벼봐! (검을 잡는다.)

(Sebastian, 싸움에 응한다. Andrew 아파서 끙끙댄다.)

Sebastian: (검을 빼며) 왜 당신이 그런 악담을 나에게 하는지 모르겠군!

Andrew: (갑자기 벌떡 일어나며) 당신은 알 필요 없어! Toby! 꼭 이겨! (Sebastian 째려보자 다시 않는 소리) 아이쿠! 끙! 끙! 등이 아파!

(Olivia 등장)

Olivia: (놀라며 싸움을 말린다.) 아니! 이게 무슨 일이에요? 멈춰요! 그만! 당장 그만둬요!

Toby: (Sebastian을 노려보며) 오늘은 조카 때문에 그만 두지만 다음에 만나면 가만두지 않을 거야! (홀로 퇴장)

Andrew: (눈치보다가) 어! 어이! Toby 경! 나도! 나도 같이 가야지. (퇴장)

Olivia: (다정하게 얼굴을 쓰다듬으며) 죄송해요. 어디 다치진 않았나요?

Sebastian: (당황하며) 아, 저기 . . . 아가씨? 누구신가요?

Olivia: (살짝 눈을 흘기며) 뭐예요? 농담하는 건가요? Olivia입니다!

Sebastian: 농담이라니요? 아니 갑자기 . . . 저기 . . . 그러니까 . . .

Olivia: (끌어안으며) 저는 놓지 않을 거예요. 사랑해요. 왜 내 사랑을 받아주지 않죠?

Sebastian: 사랑을 받다니요? 통 영문을 모르겠어요. 너무나 혼란스러워요.

Olivia: 진실을 말하지 않으실 건가요? 장난치시는 거예요? 흥! (돌아선다.)

Sebastian: (Olivia를 바라보며) 처음 보는 여인이 나에게 안겨오고 . . . 꿈인가? 그런데 . . . 그것이 나쁘지 않았어. 내가 그녀를 사랑하고 있는가?

Olivia: (다시 돌아서며) 정말 다시 생각해도 . . . (Sebastian이 멍하니 있자) 여보세요? 정신 차리세요!

Sebastian: (말없이 Olivia의 손을 끌어 자신의 가슴에 댄다.)

Olivia:	왜? . . . 이거 . . . 놓으세요!
Sebastian:	당신을 처음 만난 이후 정신을 차릴 수가 없어요. 내 가슴이 열렬히 뛰어서 흥분된 가슴을 진정시킬 수가 없어요.
Olivia:	(부끄러워하며) 농담하시는군요. 나는 아무것도 몰라요. (손을 뗀다.)
Sebastian:	제발 저를 믿어 주세요. 농담이 아닙니다. 아가씨 사랑해도 되겠습니까?
Olivia:	모든 것을 걸고 저를 사랑한다면 당신과 결혼하겠습니다.
Sebastian:	좋아요! 신께 맹세하겠습니다. 아름다운 아가씨!
Olivia:	정말 기뻐요! 내가 꿈을 꾸는 건 아니죠? 잠시만 기다려 주세요, 나의 사랑! (볼에 살며시 키스하고 Clerk을 불러온다.)
Sebastian:	저기 저 아름다운 여인이 나의 연인이라! (멍하니 보고 있다가 환호성을 지르며) 여러분, 나 저 아름다운 여인과 결혼해요! 오늘의 이 일이 꿈이 아니길! 꿈이라도 깨지 않기를! (Olivia, Clerk 등장)
Olivia:	이분이 저의 맹세에 증인이 되어 주실 분이에요! (Clerk에게) 오늘 저희들은 당신 앞에서 사랑의 맹세를 합니다.

(Sebastian & Olivia 무릎을 꿇으며)

Sebastian:	오늘 우리는 영원한 사랑을 맹세합니다. 증인이 되어 주십시오.
Clerk:	알겠습니다. 축하드립니다. 그럼 서로에게 사랑의 표시를!

(Olivia 부끄러워하며 살짝 피하자 Sebastian 끌어안는다.)

(불 꺼짐)

Act V

(Olivia 저택의 정원)

(Orsino, Viola 등장해 있는 상태에서 경관이 Antonio를 끌고 등장,

잠시 후 Olivia, Maria 등장)

Olivia: 공작님, 오랜만입니다.

Orsino: 물론 저도, 아, Olivia 아가씨, 저의 청혼은 영영 받아들일 수 없는 건가요?

Olivia: 저는 이미 Cesario 님과 영원한 사랑의 맹세를 했습니다.

Orsino: (어이없어하며) Cesario? 영원한 사랑? (Viola에게) 이게 무슨 말인가? 아가씨! 장
난치지 마시지요. 농담이시겠죠?

Olivia: 농담 아니에요. 그렇게 믿지 못하시겠다면 증명해 드리지요. (Clerk을 불러온다.) 이
분이 증인이십니다. (Clerk에게) 신사 분! 공작님께 진실을 말씀드리세요.

Clerk: 예, 그렇습니다. 제가 그 맹세의 증인입니다.

Olivia: (인사하며) 감사합니다. 친절하신 분!

Clerk: (인사하며) 별말씀을요! (퇴장)

Orsino: (더욱 화가 나서) 가거라! 너가 나를 속였구나! 사라져! 다시는 내 앞에 나타나지 마라!

Viola: 공작님! 제게 너무하십니다.

Olivia: 오! Cesario! 우리의 맹세를 잊지 말아요!

(Toby가 Andrew를 부축하며 등장)

Toby: 누가 의사 좀 불러요!

Olivia: 어머! 왜 그렇게 다쳤어요?

Toby: (Cesario를 가리키며) 저 . . . 저놈이야! Andrew를 이렇게 때렸지!

Andrew: 에구! 에구! 정말 아파요! (은근슬쩍 Olivia 곁으로 간다.)

Orsino: Cesario가 이렇게 했다니 . . . 정말인가?

Andrew: 에구! 에구! 어찌나 세게 때리던지! 아이구 등 아파!

Viola: 우리는 서로의 몸에 상처 하나도 내질 못했소! 그런데 왜 이렇게 거짓만 말하는 것이
오?

    (Sebastian이 Olivia의 이름을 부르며 등장. Olivia를 껴안는다.)

Sebastian: (계속 껴안고 있는 상태에서) 오! 나의 사랑! Olivia! 당신 없이 지내니 나는 너무나 외
롭군요!

Olivia: 당신 . . . Cesario?

Sebastian: (풀어주며) 응? 그게 무슨 말이오? Cesario라니?

Olivia: 당신의 이름이 Cesario잖아요! 게다가 도대체 누가 진짜 나의 사랑인가요?

Antonio: (상황을 지켜보고 있다가 경관을 뿌리치며) Sebastian? Sebastian! 당신이 정말 나
의 친구입니까?

Sebastian: Antonio! 아니, 왜 묶여있습니까?

Antonio: 당신이 정말 나의 친구 Sebastian이라면 고개만 끄덕여도 충분합니다.

Sebastian: (고개를 끄덕인다.)

Orsino: 잠깐! 그럼 이 자가 Sebastian이라고 하는 너의 친구라면 나의 시동은?

Olivia: 어느 쪽이 나의 사랑 Cesario인가요?

Sebastian: 그 질문을 왜 제게 하시는 것입니까?

Orsino: 당신이 직접 확인을 해 보시지! 그대의 얼굴이 Cesario와 매우 비슷하니까.

Sebastian: (Viola에게 다가가) 당신이 Cesario인가요?

Viola: (궁금해하다가 Sebastian과 마주하여 얼굴을 보자 표정이 굳는다.)

Sebastian: (당황하여 말을 잇지 못한다.)

Viola: 제가 Cesario입니다. 저의 인생에서 이름은 하나 뿐이었지만 험한 세상 살기 위해 두 개가 되었지요.

Sebastian: 수수께끼 같은 말이군요. 어째서 저와 닮았죠? 그리고 당신의 본래 이름은 무엇입니까?

Viola: 이름은 아까 말씀드렸듯이 두 개입니다. 지금 쓰는 Cesario와 당신, Sebastian이 사랑하고 아끼는 그 이름 Viola. 우리 부모님은 천국에서 편안히 계시겠죠.

Sebastian: (Viola를 안으며) Viola! 너는 진짜 내 동생이구나!

Viola: 제가 오빠의 동생이듯이 오빠는 나의 오빠예요.

Sebastian: 여러분, 보시다시피 저희는 쌍둥이 남매입니다.

Orsino: (Antonio의 어깨를 두드린다. 경관에게 나가라는 눈짓을 한다. Antonio, 경관, Toby, Andrew 모두 퇴장) (Viola에게) 지금도 믿어지지 않는군. 남자 역할을 하면서 마음 고생이 많았을 텐데.

Viola: 예 공작님, 이렇게라도 알아주시는 것으로 충분합니다.

Orsino: 그대의 본 모습을 보고 싶소. 여기서 기다리겠소. (Viola 퇴장)

Sebastian: (Olivia에게) 놀라지 마십시오. 당신은 유일한 나의 사랑. 변한 건 없습니다. 제가 당신 곁에 있을 것입니다. 사랑합니다, Olivia. (손에 입맞춤)

(Malvolio 등장)

Malvolio: 아가씨! 왜 저를 미친 사람 취급하시죠? 여러분 제가 돌았나요? 제가 미쳤나요? (관중의 대답을 듣고) 거 봐요! 안 미쳤다잖아요!

Olivia: 여긴 왜 온 거야? 당장 나가! 나는 모르는 일이라고!

Malvolio: 흥! 정직해지세요. 오, 나의 사랑, 이 리본을 보세요! 나는 이 리본으로 내 눈을 가렸습니다. (리본을 코에 대며) 보세요. 아직도 당신의 향기가 느껴진다고요!

Olivia: (리본을 살펴보며) 이건 내 것이 아닌걸! 오, Malvolio 집사인 당신도 알 거 아니에요? 내가 그 리본을 쓴 적이 없다는 걸.

Malvolio: (주저앉으며) 그런 . . . 그럴 수가 . . .

Olivia: (Maria의 얼굴을 보며) 너가 장난을 친 거군! Malvolio 님! 오해하지 마세요!

Maria:	아가씨 죄송해요! 맞아요. 제가 Malvolio 님을 골려 주고 있었어요.
Olivia:	당신은 바보예요. 어떻게 여인의 조롱에 넘어갈 수 있어요?
Malvolio:	조롱! (소리친다.) 으아! 감히 이 Malvolio 님을 조롱해? (하나하나 손가락질을 하며) 어디 두고 봐! 내가 꼭 복수하겠어! (씩씩대며 퇴장)
Maria:	아가씨, 신경쓰지 마세요. (Viola 옷을 갈아입고 나온다.) 아! 저기 Viola 아가씨께서 나오시네요. (퇴장)
Orsino:	(Viola의 손을 잡으며) 모두 들으시오! 이 여인이 나의 사랑이오! (Viola에게) 나만의 여신이여, 지금까지 나는 눈이 멀었었나 보오. 당신이 나를 용서해 준다면 나는 눈을 뜨게 될 거시오. 나를 용서해 주시겠소?
Viola:	Orsino 공작님, 그런 말씀 마세요. 당신을 사랑합니다.
Orsino:	우리 여기서 혼례식을 올립시다.
Sebastian:	오늘은 정말 기쁜 날이군요! Viola! 결혼을 축하한다.
Viola:	오빠도 축하드려요!
Olivia:	오늘같이 기쁜 날은 평생 잊을 수가 없을 겁니다. Sebastian, 사랑해요! (포옹한다.)
Orsino:	Viola! 사랑하오! (포옹)

(불 꺼짐)

– The End –

Hamlet

햄릿

Twelfth Night
Othello
The Winter's Tale
The Merchant of Venice
A Midsummer Night's Dream
The Taming of the Shrew
Much Ado About Nothing
As You Like It
King Lear
Commedy of Errors
Romeo & Juliet

To be, or not to be; that is the question.

"사느냐 죽느냐 그것이 문제로다." 문학의 천재 셰익스피어는 수백 년 전에 벌써 이렇게 외쳤다. 그는 오래전에 인간 삶의 비극의 한 원인을 간파했던 것이다. 소위 성격비극이라고 하는 셰익스피어의 비극 중, 4대 비극의 하나인 본 작품에서 비극의 주인공 Hamlet(햄릿)은 그 '비극적 결함'(tragic flaw)인 결정장애, 즉 우유부단함으로 인해 비극을 맞이하게 된다. 하지만 일반적인 Hamlet의 비극의 원인으로 보는 그 내적 갈등에서 오는 소위 "햄릿의 지연(Hamlet's delay)" 외에도 독자나 관객에 따라서 나름의 다양한 비극의 원인을 찾을 수 있을 것이다.

이 극은 원작의 주제가 훼손되지 않는 범위 내에서 개작·각색하여 영어로 다시 썼다. 이 극을 읽고 감상하는 과정에서 이 작품에서 의도하는 셰익스피어의 문학적 모티브가 자신의 삶을 정돈하고 현명한 지표를 설정하는 데 도움이 될 것이다.

- **Hamlet**(햄릿): 덴마크의 왕자. 20세의 청년. 체격이 건장하고 부드러운 목소리와 인상의 소유자. 조금은 우유부단한 성격으로 순간적인 판단력이 부족할 때도 있지만 친구 Horatio의 도움으로 잘 해결해 나간다. 정의로우며 백성들의 신임을 한 몸에 받고 있다. Ophelia를 사랑하고 아버지를 존경한다. 검술에 능하다.

- **Claudius**(클로디어스): Hamlet의 숙부. 선왕이 죽고 덴마크의 왕이 됨. 40대 중반. 큰 키에 날카로운 눈빛. 양면성을 지닌 인물로서 왕비와 사람들 앞에서는 다정한 남편이자 왕이나, 그 뒤에 숨겨진 내면은 자기중심적이며 악한 모습이다. 명예와 권력을 중시하며, 자신이 하고자 하는 일은 어떤 수를 써서라도 이루고야 마는 인물이고, 계획적이며 치밀하다.

- **Lord**(선왕): (Ghost of Hamlet's Father) 덴마크의 왕. 40대 후반. 보통 체격의 남성스러운 외모. 부드럽지만 강한 인상. 굵고 위엄있는 목소리. 아내를 많이 아끼고 사랑하며 아들을 사랑한다. 옳고 그름에 있어서 냉정하다.

- **Gertrude**(게트루드): 덴마크의 왕비. 30대 후반. 지적이며 아름다운 미모와 고운 목소리를 지녔다. 선왕의 처였으나, 선왕이 죽은 후 Claudius의 아내가 된다. 주관적이지 못한 면이 있으나, 순진하며 여린 마음의 소유자이다. Hamlet을 아끼고 사랑한다.

- **Ophelia**(오필리아): Hamlet의 연인. Polonius의 딸. 18세 소녀. 고운 피부와 여린 몸매로 가냘파 보이지만 속은 꽉 차고 지조 있는 여성으로 당돌한 모습을 보이기도 한다. 아버지의 죽음에 충격을 받아 실성하지만 원래는 총명하고 지적이다. 밝은 성격의 소유자.

- **Horatio**(호레이쇼): Hamlet의 친구. 22세 청년. 단단하고 건강한 몸체와 카리스마 넘치는 인상. 강직함이 넘치는 곧은 자세. 정의롭고 충성스런 청년이다. Hamlet에게 조언을 해주는 인물이다. 자기 주관이 뚜렷하다.

- **Polonius**(폴로니어스): 덴마크의 귀족. Ophelia의 아버지. 40대 중반. 약간 마른 체격. 자신에 대한 자부심이 강하며 조금은 얍삽한 인물. 명예와 가문을 중히 여긴다. 높은 사람에게는 아부하고 아랫사람은 겉잡아 보는 가식적인 성격도 가졌다. 약간 보수적인 면도 있다.

- **Reynaldo**(레이날도): Claudius의 신하. (원래 극중에서는 Polonius의 신하). 20대 후반. 비록 악역이긴 하지만 충직한 신하이다. 두뇌회전이 빠르고 계획적이다. Claudius와 함께 선왕 살해 계획을 세운다.
- **Laertes**(레어테즈): Polonius의 아들. Ophelia의 오빠. 20대 초반. 건장한 체격. 힘있는 목소리. 본성은 착한 인물이나 아버지와 동생이 Hamlet 때문에 죽었다고 생각한 후 복수를 다짐하고 Claudius와 함께 계획을 세운다. 아버지와 동생을 사랑한다. 사나이답다. 솔직하고 뒤끝이 없는 성격. 검술에 능하다.
- **Marcellus**(마셀러스): 성의 근위병. 20대 중반. 희극적인 인물이다. 극중 하녀와 연인 사이. 끼가 많다.
- **Bernardo**(버나르도): 성의 근위병. 20대 중반. 작은 키에 뚱뚱한 체격. 개성 있는 얼굴과 목소리. 재치있다. 장난치는 것을 좋아한다.
- **Francisco**(프란시스코): 성의 근위병. 20대 중반. 키가 크고 마른 체격. 순진하고 착한 인물. 겁이 많다. 희극적 인물. 활발하다.
- **Maid**(하녀): (창작 인물) Ophelia의 하녀. 20대 중반. 활발하고 순박한 인물. 마음이 여리다. 희극적 인물.
- **Priest**(성직자): Ophelia의 장례식 거행.

Act I : Hamlet(햄릿)의 숙부 Claudius(클로디어스)는 Lord(선왕)을 죽이고 왕위를 차지하기 위해서 음모를 꾸미는 가운데 정원에서 낮잠을 자는 선왕의 귀에 독약을 붓는다. 그러던 중에 선왕의 아들 햄릿과 잠깐 마주친다. 아버지의 죽음을 확인한 Hamlet은 그가 방금 만났던 그 사람을 의심하게 되고, 그 사람의 뒷모습이 삼촌과 비슷하다고 생각하여 삼촌을 의심한다. 2개월 후 Hamlet은 Horatio(호레이쇼) 및 근위병들과 함께 선왕의 망령을 보게 되고 Hamlet과 Horatio는 망령을 따라간다.

Act II : 선왕의 망령은 Gertrude(게트루드)와 Claudius의 결혼식장으로 Hamlet과 Horatio를 데리고 간다. 그곳에서 망령은 억울하게 목숨을 잃은 자신의 한을 털어놓고, Hamlet과 Horatio는 진실의 여부를 가리기 위해 Claudius 앞에서 연극할 것을 계획한다.

Act III : Hamlet과 Horatio는 계획대로 연극을 하고 연극을 보다가 공포감에 휩싸인 Claudius는 연극을 중지시키며 Hamlet은 왕비와 함께 Polonius(폴로니어스)를 Claudius로 오인하여 칼로 찌른다. 그 사실에 충격을 받은 Ophelia(오필리아)는 그 슬픔에 못이겨 실성해 버린다.

Act IV : Claudius가 Ophelia를 질책하자 오필리아는 슬픔과 충격으로 자결하고 Laertes(레어테즈)는 오필리아의 장례식에 나타난 햄릿에게 폭력을 가하며, 클로디어스는 자신의 비밀을 알고 있는 햄릿을 죽이기 위해 Laertes를 포섭하여 음모를 꾸민다.

Act V : Claudius는 음모대로 독이 묻은 칼과 독배를 준비하고, Laertes로 하여금 햄릿과 대결을 벌이게 한다. 한창 대결이 진행되는 중 둘은 상처를 입게 되고, 그때 왕비가 독배를 마시고 쓰러지자 Hamlet은 모든 것이 음모임을 알아차리고 Claudius를 죽인다. 또한 Laertes는 대련 때의 상처로 인해 죽고 햄릿 역시 그 상처로 어머니 곁에서 생을 마감한다.

(*Hamlet* 1막 1장 공연장면)

Act I

(성앞 정원)

(Marcellus, Maid, Ophelia 등장)

Maid: Marcellus!

Marcellus: Oh, my darling. I've missed you. You look so sad.

Maid: (눈웃음) Where are the other friends?

Marcellus: I left them out.

(Ophelia는 몰래 퇴장. Bernardo, Francisco 등장)

Bernardo: Marcellus! What are you doing with the ugly woman?

Francisco: Possibly . . . do you love each other? (배를 잡고 웃음)

Marcellus: (Maid를 밀쳐내고) Never! I don't know this woman.

Maid: What? Dog bitch! How could you do like this. This time, I'll kill you.

(Polonius 등장)

Polonius: Why do you make such a noise? Maid! Where is Ophelia? Didn't I order you not to keep off Ophelia? What would you do if an accident happened to Ophelia?

Maid: Well! She was here just now?

Polonius: What? Was she here just now? What are you saying now?

Maid: So, sorry. I'm sorry. I shall try to find her right away.

Polonius: Look sharp!

(Maid 퇴장)

Polonius: What are you doing here now?

Marcellus: No. Nothing. Bernardo! We didn't do anything, did we?

Bernardo: Yes. Yes. Nothing! We were not doing anything.

Francisco: Anyway, Polonius! You always look so wonderful and handsome. (아부 떤다.)

Polonius: (뻔뻔하게) You know the status of our family. Our family is of good lineage, isn't it? Uhm. Royal family. But one of our ancestors drove our family out of the royal position because he was defeated in a war. But now, I am the Minister of this land.

Bernardo: Yes, yes. You're right.

Polonius: Well. Then. Do your business. I have an urgent business. As you know, I'm always busy. Hahahaha. (웃으며 퇴장)

(병사들 뒤에서 Polonius에게 손가락질을 한다.)

(Horatio와 Hamlet 대련하며 등장. 그 뒤에 Ophelia가 수줍은 듯이 등장하고

Maid도 신이나 등장한다.)

(대련을 잠시 멈추고 쉰다.)

Maid: Horatio! Horatio! You are so wonderful. Aren't you tired? Horatio! You always look handsome. You are my sunshine.

(Marcellus, Bernardo, Francisco가 Maid에게 시비를 건다. 모두들 티격태격 하다가

병사들은 도망가고 Maid가 그 뒤를 쫓는다. 퇴장)

Ophelia: Aren't you tired?

Hamlet: Never, I haven't felt tired because Ophelia was watching me.

(Ophelia 수줍어하고 Hamlet과 Ophelia의 간단한 입맞춤. 그 후 Lord와 Gertrude 등장)

Horatio: Good afternoon, Majesty. How are you?

Lord: Horatio! Long time no see. How have you been?

Horatio: I have been fine, of course.

Lord(선왕): Um . . . you are old enough to be married.

Gertrude: You are right. Horatio! I know a good woman. What's your opinion?

Horatio: (멋쩍어 한다.)

Hamlet: Father! Is there any woman suitable for me?

Gertrude: You? You are already promised to Ophelia?

Lord(선왕): You're right. Ophelia is a very beautiful and wise woman and I think she is suitable for you.

(모두들 웃는다. Ophelia는 부끄러워한다.)

Hamlet: Well, father and mother! We must take our leave of you. Have a good time.

(Horatio, Hamlet, Ophelia 퇴장. 왕과 왕비 정원을 거닐며 정다운 이야기를 나눈다.)

Lord(선왕): Today, you look so beautiful. Even if time and tide makes you lose your beauty, you are the only rose for me! Queen, I love you.

Gertrude: I'm ashamed of it. Majesty, I also love you. My pure mind for you shall not be changed in any difficult situation.

Lord(선왕): Thank you, Queen! I'll believe you. Don't change this mind forever. The sunshine is very warm. Your mind is warmer than the sunshine. In this fine day, I'd like to take a nap on that bench.

Gertrude: Well. OK. Take a rest. I'll have been to the castle. I'll return soon.

Lord(선왕): OK. I'll take a rest here. Come back soon, Queen.

(Getrude는 퇴장하고 왕은 벤치에서 잠이 든다. Claudius, Reynaldo 망토를 쓰고 등장)

Reynaldo: Claudius! Majesty is sleeping on that bench. This is the best time we should do our job. Here is the poison. I'll stand guard.

Claudius: OK. Let's do it. Oh! Pitiful Majesty. Do you know you will not be able to awake from this sleeping? (비겁한 웃음. 왕에게 다가가 조심스레 독약을 귀에 붓는다.) (선포하듯) From now on, I'm the King of Denmark. Oh, Lord. Go well.

Lord(선왕): (괴로워하며 일어난다.) You. Claudius! How could you betray me!

Reynaldo: Claudius! Someone is coming here. Maybe he is the Prince, Hamlet, I think. Fold your cloak about you! Quickly!

(Claudius 나가는 도중 들어오는 Hamlet과 부딪힌다. 마침 Gertrude도 등장한다.
Claudius, Reynaldo 도망치듯 퇴장)

Gertrude: My son!

Hamlet: Mother, you look so happy today.

Gertrude: Really? Hamlet! Go to the Majesty on the bench.

(Hamlet이 아버지에게 다가갔다가 당황하며 아버지를 깨운다.)

Hamlet: Father! Father! What's the matter? Mother! Father is abnormal.

Gertrude: What's the matter? Majesty! Emperor! Majesty! Pull yourself together!

Hamlet: Hey! Is there anyone? Please. Open, open your eyes!

(사람들이 몰려온다.)

Claudius: Why? Hamlet! What's the matter? Did any accident happen to the Lord?

Hamlet: Lord. My father!

Reynaldo: I think, maybe, a poisonous snake bit our Lord. The poison has been passed into his body.

(Claudius, 왕에게 다가갔다가 Gertrude에게 돌아서며)

Claudius: Oh, poor Queen! Don't cry, please. I'll comfort you. Don't worry. Everything will be O.K. Even though our Lord died, we should keep our life.

Gertrude: How can I make my life, from now on. How can . . . my son Hamlet? (운다.)

(Claudius가 Gertrude를 부축하며 달랜다. 퇴장.

Horatio가 Lord(선왕)에게 다가가서 살피다 Hamlet에게 다가간다.)

Horatio: It's true that poison has been passed into our Lord's body. But I cannot find the scar made by the poisonous snake.

Hamlet: Is it true? Yes. There is a suspicious point. Oh, that appearance of his back is familiar to me. Then, maybe my uncle? No.

(불 꺼짐)

(성벽)

(2개월 후)

Bernardo: I don't like standing guard like this.

Marcellus: Me, too. It makes me so tedious.

Francisco: Well, then. OK. You two can take a brief rest. I'll do this job alone. Believe me.

Bernardo: Really? Would you do us such a favor? We're too sorry for that.

Francisco: Never mind. We are close friends. Never mind!

Marcellus: OK. Francisco! You always have warm heart. Francisco! Then, take trouble for us.

(Bernardo와 Marcellus가 조는 동안 Francisco 몰래 군것질을 한다. 그러다 들킨다.)

(모두 티격태격 하는 동안 Hamlet과 Horatio가 등장한다.)

Horatio: What are you doing? I ordered you to stand guard rightly!

Marcellus: Ah, Horatio! Welcome. This man ate between meals except us.

Horatio: Shut mouths! Stand guard rightly!

(자정을 알리는 종이 친다. 바람 부는 소리)

Hamlet: What made this strange wind?

(Lord(망령) 등장. 병사들은 기절한다.)

Horatio: Who are you? Reveal! Reveal your original shape!

Hamlet:	Ah! Father?
Horatio:	Lord? Are you our Lord?
Lord(망령):	Hamlet! My son. I'm so vexed. Hamlet! I, your father, died without washing my sin in this world. Thus every night I am roaming about the world. Every day I am receiving suffering in the hot hellish fire. Ah, mournful! So vexed! Hamlet, hear me. If you loved me, please bring the conspiracy of murder clear.
Hamlet:	Majesty, what are you saying now? Please say about the matter closely.
Lord(망령):	Hamlet, hear me. All the people of Denmark believe that I became dead by a poisonous snake. But as a matter of fact, a snake wearing man's mask murdered me, and it is holding my Queen and my people of Denmark in its hand and making a wicked smile. Oh, I'm very vexed.
Hamlet:	I can't understand it. What's the meaning of your saying?
Lord(망령):	Follow me, Hamlet.
Horatio:	No, Prince! That will be a wicked person who tries to make fun of you. Prince, collect your mind. I'll expel the ghost.
Lord(망령):	Follow me.
Hamlet:	Father.
Horatio:	No.

(불 꺼짐)

98

(*Hamlet* 2막 1장 공연장면)

Act II

(성안의 연회장 결혼식 장면)

(Lord(망령)과 Hamlet, Horatio가 등장)

Polonius: Now, pay attention, please. Let's pay attention to Claudius' saying.

Claudius: Ladies and gentlemen! Two months have passed since the King of Denmark, my elder brother, went to the heaven. Let's be absorbed in meditation. (등장했던 모든 사람들 잠깐 고개를 숙이며 묵념한다.) And now, I am the Lord of this land, following the late king. And also I will be married to this beautiful and noble Queen. From now on, I'm the father of Hamlet, of course. Although it's somewhat sorry for me not to meet Hamlet in this party, I, his father, can understand his sorrowful mind. Now, ladies and gentlemen, let's have a happy time. Pick up your wine glasses.

Gertrude: Ladies and Gentlemen! Bottoms up for the glory of Denmark.

Claudius: Reynaldo! Say a word!

Reynaldo: Can I make an address? Well, Claudius! You will become King of Denmark. May your dream come true and you live a glorious life.

Hamlet: (망령에게) Father! Why did you take me to this place? I'll go away right now.

Lord(망령): Wait, Hamlet! They cannot see and feel us. And look at that! There is the poisonous snake. Can't you see the wicked smile of the snake.

Hamlet: Well, then. You mean that my uncle is the wicked snake.

Lord(망령): You're right. The snake came stealthily to me who was sleeping on a bench in the park, and poured a poison into my ears. After that, I was fallen into permanent sleep from which I wouldn't escape forever.

Hamlet: Is it true?

Lord(망령): Right, Hamlet. Please take my revenge on the snake instead of me! Kill the snake and cut the windpipe.

Hamlet: OK. I'll do that!

Horatio: Prince! Don't believe the saying.

Hamlet: No. Look at the eyes of the departed spirit. The eyes are filled with miserable sorrow and grief. It's likely that the eyes will drop tears right now.

Horatio: A crafty person will seem to be good in appearance but its inner mind will be full of dark shadow. Prince! Consider it again.

Hamlet: Look! All are dirty and monstrous. And also, mother, how could my mother be married to my uncle, my father's younger brother? Frailty, thy name is woman.

Lord(망령): Hamlet! Please, take my revenge on it. But you should not hurt your mother and lose your mind in doing the job. God will punish your mother. Let her conscience pierce her mind. (새벽을 알리는 종소리) Now, I should go away. Day break came near. Good bye, Hamlet. Don't forget me and my saying.

Horatio: Prince! Consider it once more, please. Though the saying of the departed spirit is true, there is no proof of it. We should ascertain whether it is true or not.

Hamlet: Well. You're right. There is no proof of it. But how can I ascertain the truth of it. In fact, I believe that the saying is true. But . . .

Horatio: How about putting up a false show in the face of the Lord, Claudius?

Hamlet: A false show?

Horatio: Let's observe Claudius' behavior during the performance of false show.

Hamlet: A show? A false show? OK. That's good.

(불 꺼짐)

(성안 정원)

(Ophelia, Polonius, Reynaldo가 등장해 있다.)

Ophelia: Papa, my elder brother will arrive at soon.

Polonius: I've got it. He will come soon. Let's wait for him a little more.

(Laertes 등장)

Ophelia: Papa! My elder brother is coming here.

Polonius: Oh my son. You became a handsome guy.

Laertes: Father. How have you been? How about your health?

Polonius: Your father has been fine, Laertes. Long time no see. I've always missed you.

Laertes: I also have missed my father and Ophelia. Oh! Ophelia, my sister! You became a beautiful woman. Your beauty makes you look a stranger to me. During my absence, have you supported my father well?

Ophelia: Yes, brother.

Reynaldo: Didn't you have any difficulty on your way here?

Laertes: No. There wasn't great difficulty. Have you been well?

Reynaldo: Of course. How can I have difficulty?

Polonius: Laertes! Go and rest. Maybe you are tired on account of the long journey. Later, let's have dinner together in the evening and have a talk.

Laertes: Yes. I'm a little tired. I shall go first and take rest. Reynaldo! Come to our dinner party this evening.

Reynaldo: Yes, I've got it.

Laertes: Ophelia, let's go with me. Long time makes me a stranger here. Then, I shall leave.

(인사하고 Ophelia와 함께 퇴장)

Reynaldo: Polonius! I've a word to say to you. Nowadays, Hamlet's behavior seems to be strange to me.

Polonius: I also feel the same. He seems to have made a conspiracy since the wedding ceremony.

Reynaldo: That's right! Sometime ago I saw that he was talking with Horatio in secret. It's certain that they are laying a plot.

Polonius: Well, we must make a counterplan against it. First, look out their behaviors.

Reynaldo: Yes. I'll make a secret investigation into their behaviors.

(Bernardo, Marcellus, Francisco 등장)

Bernardo: Well, what are you talking about?

Marcellus: There must be any secret between you, right?

Francisco: Let us know about it! What are you talking about?

Polonius: Maybe you, dullard, can not understand it. Go to do your own business, quickly.

Reynaldo: Sir Polonius! Don't say like that! We also don't want to be stupid. Look at these three stones. Are they matched well one another? They can make a fire with butting against one another.

Marcellus: What? What are you saying Bernardo! Francisco! We are being joked now. Aren't you angry? Say something about it!

Bernardo: Reynaldo. Your saying is cruel. Apologize to us for your cruel saying.

Reynaldo: Why? Why should I apologize? Polonius! My saying is absolutely true. Don't you agree with me?

Polonius: Of course. Go to stand guard rightly.

Francisco: Polonius! If you said like that, I cannot help saying the truth. In fact, your family isn't so great. Our family also is equivalent to your family.

Bernardo: That's right. Polonius isn't so great. His daughter rose him to this position.

Polonius: What? You villains! Could you say such a thing to me? I'll be father-in-law of Prince soon. On that day I'll make you atone for it.

Reynaldo: Polonius! Be patient for that day. You shall be punished. Don't forget it. You stones!

Marcellus: OK. We'll not forget it. Do as you please. Well Reynaldo! You also will not free to say such a thing. Let's wait for the date.

(Marcellus, Bernardo, Francisco 퇴장)

Reynaldo: Polonius! Don't worry about the saying of that stupid guys.

Polonius: Well. OK. You made me be patient. Then look it out and don't forget my order.

Reynaldo: Yes, Sir. I am confident of it. Believe me.

(Polonius, Reynaldo 퇴장과 동시에 Hamlet과 Ophelia 등장)

Hamlet: There may be no one around here. (Ophelia 수줍어함) Ophelia, as you know, nowadays I'm so nervous. Forgive me my negligence to you.

Ophelia: No . . . no! Prince! It's rather me who should say "sorry" because I cannot give any assistance to you in such a difficult situation.

Hamlet: Oh! You have warmer heart than angel. How can I forget your favor. I really love you. Can you understand my love?

Ophelia: It's a glory for me, Majesty. Prince! You trapped me by the sunny smile and the sweet whispering.

Hamlet: But . . . Ophelia. I cannot help feeling an encroaching fear. What's the reason? A strange fear seems to trap my soul.

Ophelia: Don't worry, Prince. You are the strongest man in the world. Nothing can make you fall into fear feeling.

Hamlet: Nay, your beauty still makes me fall into a fear feeling.

Ophelia: No, it's unreasonable.

Hamlet: I'll love you forever, Ophelia. (Hamlet과 Ophelia가 포옹을 하려던 찰나, Marcellus가 Maid를 업고 등장. Hamlet과 Ophelia를 보고 놀란다.)

Maid: Miss! What are you doing now?

Ophelia: No, nothing.

Marcellus: Hey! Why are you interfering them. Go on your doing! (Maid를
끌고 퇴장)

(Hamlet, Ophelia 포옹)

(불 꺼짐)

(*Hamlet* 3막 1장 공연장면)

Act III

(성안의 연회장)

(Hamlet, Horatio 등장)

Hamlet: Did you finish preparing for the performance of the show?

Horatio: Of course. I saw that Bernardo, Marcellus and Francisco did well for the performance of the show.

Hamlet: Well, call the audience, and invite the Lord and the Queen.

Horatio: Yes, then I shall leave.

(Horatio 퇴장)

Hamlet: To be or not to be; that is the question. If I could find a solution for today's business, I would gladly accept it even in the end of my life. Oh, my father. Give me strength so that I may make clear this conspiracy and revenge myself on them.

(Laertes 등장)

Laertes: Prince.

Hamlet: Oh Laertes! I heard about your returning to Denmark but I couldn't meet you. Sorry.

Laertes: That's all right, prince. Well, you look pale. Do you have any problem?

Hamlet: Oh, really? Nothing. Nothing happened to me.

Laertes: It's sorry for you to meet your father's death. I didn't be with you in the funeral ceremony. I'm very sorry. I associate with your grief. Cheer up, Prince.

Hamlet: Thank you. Can you take part in the dinner party we will hold soon?

Laertes: Yes, Prince.

(모두 등장)

Hamlet: We prepared a poor show for the celebration of the marriage between the Lord and my mother. Have a happy time.

(마술과 춤 시작)

Hamlet: Now, let's appreciate the performance of the show. Horatio! Please begin the performance of the show.

Horatio: Yes. Well, let me begin the performance of the show. The title of the play is "a mousetrap"

(연극 공연)

(Claudius, Reynaldo 안절부절하고, Gertrude도 당황해 한다.

Claudius, 갑자기 벌떡 일어서며 무대 쪽으로 다가간다.)

Claudius: (미친 듯이 소리친다.) Stop! Stop it! Stop the performance right now!

Hamlet: (왕의 곁으로 다가가) Why? Why are you saying that! Majesty! In the deep part of heart, is there a conscience still? Everybody, look! Look at the king, the scared king! He is trembling with fear. Horatio, can you see it?

(비웃는다.)

Horatio: Yes, Majesty. I can see it correctly.

Polonius: Majesty! Do you have any pain?

Claudius: (말을 더듬으며) No . . . no . . . nothing! I'd like to take a rest.

Polonius: Attend on our Lord! (Reynaldo와 Horatio, Claudius를 부축하며 퇴장. 나머지도 그 뒤를 따라 퇴장한다. Polonius는 퇴장할 듯하다가 왕비와 Hamlet의 대화를 엿듣는다.)

Gertrude: Hamlet! How could you do such a rude behavior to your father! Later, apologize for your rudeness sincerely. Why do you give a burden to your father?

Hamlet: (황당한 듯) A burden to him? Who made this happen? I cannot understand. Anyway, Mom! You also look pale. What's the matter? Do you also have any pang of conscience?

Gertrude: What? What are you saying? Shut mouth, Hamlet! I will not forgive you if you do it again.

(Hamlet 분노에 못 이겨 소리를 지른다. Gertrude에게 덤벼든다.)

Gertrude: (두려움에 떨며) Ham . . . Hamlet! Why are you doing!

Hamlet: Mom! You're not the woman I knew before any more. When my father died, my mother whom I had loved also died.

Gertrude: (울먹이며) Hamlet! How can you say such a saying to me. Please stop it. Don't lose your reason!

Hamlet: Mother! It is you who must recover senses. You betrayed my father, and married my uncle. Do you think my father can rest in peace in the heaven for all your shameless behavior?

Gertrude: (울부짖으며) Stop . . . Stop it, please!

(Lord(망령) 등장)

Hamlet: Father.

Gertrude: (겁에 질려) Hamlet! Whom are you saying to?

Hamlet: Mother! Can't you see it?

Gertrude: What? What's the thing you can see here? No one isn't in this room except you and me.

Lord(망령): Hamlet! Stop it now. Your mother is trembling with fear. Hamlet! Your mother doesn't know the truth for my death. Explain the true cause of my death to your mother. And you must keep your mother instead of me.

(Lord(망령), 여운을 남기며 사라짐)

Hamlet: Father . . . Father! (괴로워한다) Mother, can't you understand it yet? It is my uncle who killed our Lord, the rigorous king of Denmark. I admired him most. My uncle killed my father with poison and sank him into the hellish fire. Ah! Mother, please recover your original rigorous feature.

Gertrude: (겁에 질려) Don't do it. Please, stop! I'll call men.

(커튼 뒤에 숨어 있던 Polonius, 황급히 소리지른다.)

Polonius: Help me!

Hamlet: (음흉한 미소를 지으며) Queen! Here may be a mad mouse. How could such a humble mad mouse live in this holy castle. I can't allow it to live here. (칼로 Polonius를 찌른다. Polonius 나뒹굴다 죽는다.)

(Gertrude 겁에 질려 소리를 지른다. Gertrude의 비명소리를 듣고 Claudius를 제외한

나머지 등장.)

Ophelia: Father! Prince! Can't you have done this? Speak to me quickly.

Hamlet: (고개를 떨군다.)

Ophelia: How could you do this? What is my father's fault? How could you murder my father? Why?

Laertes: Prince . . . Prince! Did you do it yourself? I can't believe it. Say . . . say the truth about it to me! Please quickly.

Hamlet: (괴로워하며 소리를 지르고, 도망치듯 달려간다.)

Horatio: Prince! (Hamlet의 뒤를 쫓아간다.)

(Ophelia의 슬픔은 극에 달하고 슬픔을 초극해 미치기 시작한다.)

(불 꺼짐)

(*Hamlet* 4막 1장 공연장면)

Act IV

(성안 정원)

(Ophelia 춤추고 노래 부르며 등장. 뒤따라 Maid도 등장.)

Maid: Miss! Why are you doing this?

Ophelia: You seem to become more and more beautiful. But you may not become as beautiful as I.

Maid: Yes, Miss! You're always beautiful. I always feel your beauty.

Ophelia: Really? What a thing to say? It's fine today, isn't it?

Maid: Yes, it's fine today. Then . . . Miss! Now . . . let's go back. Your elder brother will be angry if he knows it.

Ophelia: That's no problem. There are many folks. I'll greet them.

Maid: Miss. Please stop it.

Ophelia: (관객 쪽으로 내려간다.) Good afternoon? It's fine today. Did you have lunch? (즐거워함) This is a red rose. This flower represents burnning love. Hamlet . . . receive my love for you. (웃다가 흐느끼며) Well, then. Why did you kill my father? My father was killed. (무대 위로 올라가 다시 미친 웃음) Hamlet, my lover, killed my father.

(Claudius와 왕비 Laertes 등장)

Ophelia: (무대 위로 올라간다.) Majesty! Isn't this beautiful? Snow is falling down from the sky. The white snow is piled up high to ankle.

It's cold and chilled, but it can't make us catch a cold.

Laertes: (Ophelia의 두 팔을 붙잡고 흔들며) Ophelia! Recover your senses. Can't you recognize me, your elder brother? Who made you like this?

Ophelia: Good afternoon. Who are you? Did you come here to see the snow?

Laertes: Oh, my God! How can't you recognize me? I can't bear it any more. You were bright and wise.

Ophelia: Oh, Hamlet! My lover! You killed my father, right? It's too sorrowful but let's smile.

Laertes: Hamlet. Ah! It's all because of Hamlet. Hamlet murdered my father and my sister lost her head because of the shocking accident. I'll revenge for it. Hamlet! You shall not be able to escape from my revengeful sword. (뛰어나감)

Ophelia: I will give Queen a flower of purity. And . . . this violet to my Lord. And . . . this flower is for me. Isn't this beautiful? This is a flower of passion. (무대 위에서 뛰어다니며 춤추고 노래한다.)

Claudius: Ophelia. Where is your former self? You were so bright and wise.

Gertrude: Oh! my Ohpelia! Poor girl! What a pity! I can't escape from feeling pity for Ophelia. You also are having done much trouble.

Maid: Oh, no! Don't mention it. I wish only that Miss Ophelia would recover her mind soon.

Ophelia: (뛰어놀다가 왕비의 치마를 뒤집으며 즐거워한다. 왕비를 친다.)

Claudius: Ophelia! What are you doing now? I'll not allow you to do this rude behavior any more, even if you are out of your mind. You are insane, now

Maid: Miss. Please apologize yourself quickly.

Claudius: You are a mad woman. (Ophelia의 뺨을 때린다.)

Maid: Miss! (놀람)

Ophelia: (잠시 조용해짐) Majesty! Did you say I was out of mind and mad? Yes. You're right. I became mad. I am mad. I lost my father. It's Hamlet who murdered my father. I've loved and believed him. What shall you do, if you are in my standing. No one knows how miserable I am. Any action can't bring my father from heaven into this world. I can't meet the living father any more. Living doesn't have any meaning to me. I'll follow my father who went to heaven. (칼을 뽑아 둚과 동시에 자결한다.)

(불 꺼짐)

(장례식장)

(Priest, Claudius, Laertes, Horatio, Gertrude, Reynaldo가 등장해 있다.)

Priest: God bless you! Now we are sending our sister, Ophelia, to God. Be happy with God's grace. Forget the trouble and agony of this world and sleep in peace. Amen. All is finished. Let's go.

Laertes: Ophelia. Ophelia. (Ophelia를 안고 운다.) Ophelia. Forgive me who didn't keep you from dying. Sleep in peace. And be happy beside your father. Forgive me, your elder brother.

(Hamlet 등장)

Hamlet: (Laertes를 제치고 Ophelia를 바라보며) Ophelia, My darling! Open . . . open your eyes. Get up, get up. Ophelia!

Laertes: (Hamlet을 노려보며) Hamlet! Your dirty body! Don't touch my sister! You . . . you! (Hamlet을 Ophelia에서 떼어 놓고) A mean egg! Hahaha! Now, Ophelia, your love, isn't in this world any more. Ophelia will hate you from the heaven. Why are you come here? Why? Get away. I can't live and breathe with you, mean guy. I'd like to kill you. Go, go away.

Hamlet: Sorry. I'm sorry. Forgive me!

Laertes: (Hamlet의 멱살을 잡고) A bad egg! I've no mind to forgive you. You already made my father die, and now drove my sister to die! You are a devil in man's mask! You are a rascal! (Hamlet의 얼굴을 때린다.)

Hamlet: (무릎을 꿇는다.) I'll be beaten by you till your angry be allayed.

Laertes: What? OK. (Hamlet을 때린다.)

Horatio: (Laertes를 막아선다.) Stop . . . stop it please.

Laertes: Who are you!

Horatio: It's enough. You attend our prince.

Gertrude: Laertes. Take it easy. We are now performing a funeral ceremony.

Hamlet: No, mother! I should be punished for my wicked deed!

Gertrude: Hamlet! What are you saying now? It's not only for you. Let's go to heal your hurt. Let's go. (병사들, Horatio도 함께 퇴장)

(Claudius와 Laertes, Reynaldo가 남는다.)

Reynaldo: Laertes! Are you all right?

Claudius: Are you OK?

Laertes: Heaven is too cruel to me. This trial overburdens on me. I feel that I'm alone in this world.

Claudius: Cheer up! Oh, how should me fall into this miserable situation.

Laertes: I'll not forgive Hamlet the bad act. I'll never forgive it!

Claudius: Your decision is so hard. OK. I will also help you.

Laertes: Majesty! Are you speaking your heart? Hamlet the Prince is your son-in-law. Then how could you decide to help me to revenge on him?

Reynaldo: In fact, Prince Hamlet has a mind to kill Majesty.

Laertes: Really? Is it true? A brutal fellow! He already killed my father and Ophelia, but he also tries to kill his father-in-law. He should be punished for his crime. How could kill my father and Ophelia and try to kill our Lord! He shouldn't be forgiven.

Claudius: Take it easy, Laertes. Let's make a plan to kill him. We should murder Hamlet with joining each other. You can't do it alone.

Reynaldo: Laertes! I've a good idea I and our lord made. I've heard that your martial art is excellent. They say, the best warrior in France can't beat you, Laertes.

Laertes: You mean I should compete with Hamlet with a sword? Majesty, if you order it, I'll do that. For my father and sister.

Claudius: You're bright guy. Compete with Hamlet. In the sword competition, Hamlet shall use a blunt sword, and you shall use a keen sword. Nobody knows the difference between the two swords except you and me.

Reynaldo: For more secure effect, we had better put some poison on the sword. I have some venomous poison. The poison can dissolve blood and flesh and it can make the soul rotten.

Claudius: And I'll prepare a cup of poisonous drink.

Laertes: . . .

Reynaldo: Don't delay it.

Laertes: Then, OK.

Claudius: OK. Let's do it. May tomorrow come quickly!

(Claudius 간사하게 웃는다.)

(불 꺼짐)

(*Hamlet* 5막 1장 공연장면)

Act V

(성안 연회장)

(Reynaldo와 Claudius가 칼에 독을 바르고, 독주를 만들고 있다.)

Laertes: But . . . does this have no matter?

Claudius: Don't worry! All will become well.

Reynaldo: (등장) Majesty! Queen and Prince, Hamlet are come here.

(Gertrude와 Hamlet, Horatio와 병사들도 뒤따라 등장)

Claudius: Well, Hamlet, and Laertes! Shake hands each other.(둘의 손을 쥐여준다.) You all erase the old antipathy through this sword competition. And then, recover your friendship and live a friendly life each other from now on.

Hamlet: Laertes. Forgive me my old fault. As our Lord said, let's wash our old antipathy and recover our good friendship.

Laertes: I also become happy as I hear your saying.

(Reynaldo는 칼이 담긴 쟁반을 들고 오고 Laertes와 Hamlet은 시합 준비를 한다.)

Claudius: (앞으로 나와) Ladies and Gentlemen. Today's competition will be the honor of these two guys and also a competition for their reconciliation.

Reynaldo: Now, let's begin. (호각 소리)

Laertes: Prince! Have a hard mind! I'll not help you.

Hamlet: OK. I'll do my best. And also do your best.

(Laertes가 Hamlet에게 달려든다. Hamlet과 Laertes 격렬한 몸싸움을 벌이다가

Hamlet이 우세. 결국 Hamlet이 이긴다.)

Horatio: (호각을 붊) The first round ended with the victory of Prince Hamlet. Well, prepare for the 2nd round.

(Hamlet은 준비를 하고 Claudius는 Laertes를 부른다.)

Claudius: Now is the time we should do our plan. (사악하게 미소를 짓는다.)

Laertes: Should we do this inevitably?

Claudius: What are you saying now? Now, we can't reverse. (독이 묻은 칼을 넘긴다.) Now I'll drink a cup of wine for Hamlet's victory of the first round. Hamlet! If you win the victory in 2nd round, drink this cup.

Gertrude: (Hamlet에게 다가가) Oh, my son. You are really great. (아주 기뻐하며 잔을 든다.) I'll drink this wine for Hamlet. Hamlet! I want you to get the victory!

Claudius: No . . . no. Queen. Don't drink the wine!

Gertrude: Why? (의아해하다가) I'll drink this for Hamlet's victory. (포도주를 한 모금 마시고 Hamlet에게 건네며) Hamlet. I'll pray for your victory. (자리로 돌아감.)

(Hamlet과 Laertes, 격렬하게 2회전 시합을 한다. Laertes가 달려들어 Hamlet의 팔을

칼로 스친다.)

Hamlet: What's this? You play a mean trick. OK. Be ready for my attack! (Hamlet이 더 격렬하게 싸운다. 칼을 떨어뜨림. 칼이 뒤바뀜. Hamlet이

우세하여 Laertes 몸에 상처를 입힌다. 독주 때문에 고통스러워하던 왕비, 갑자기 쓰러진다.)

Horatio: Queen! Queen! Recover your mind!

Hamlet: (Hamlet, 달려와 어머니를 끌어안는다.) Mother!

Gertrude: (왕을 노려본다.) My lovable son, Hamlet. (포도주 잔을 가리키며) That . . . that wine is a poison. (죽음)

Hamlet: Mother! (포효) It's a plot. Find the culprit!

Laertes: (칼에 맞아 고통스러워하며) Prince! (왕을 가리키며) That person is the culprit! He made me put poison on my sword. Prince, Hamlet! The poison is spreading through your body and mine now. And the poisonous wine was prepared for the case of fail of the plot.

Hamlet: (포효, 왕에게 돌진) You must go to hell. Dirty man! You must feel a bitter suffering.

Claudius: No. Reynaldo. Help me. (Reynaldo를 당겨 자신을 막는다. Reynaldo 쓰러진다.)

Hamlet: Dirty king of Denmark! Drink this poison. (포도주를 강제로 마시게 한다. 칼로 찌른다.) (힘겨워한다.) Laertes. Are you all right? Get up quickly. Aren't you feeling mortified? Recover your sense! And look at the dying poisonous snake!

Laertes: Prince, I'm sorry. Please forgive me! (죽는다.)

Hamlet: Heaven will forgive you your sin. Go to the good place. (무릎을 꿇은 채) Horatio! You are really good friend. And Marcellus,

Bernardo, Francisco, you all are also good people to me. I'll not forget you and your favors in the heaven.

Bernardo, Marcellus, Francisco: Prince!! (운다.)

Hamlet: (힘겨워한다.) Now, my vigor is run out. Horatio! You deliver all this facts to the world. If you do it, I can close my eyes comfortably. Please. Don't forget my request. Make the world know this fact. (죽는다.)

Horatio: Prince! Oh no! Prince! I'll delie019 your message to the world.

(모두들 고개를 숙인다.)

(불 꺼짐)

– The End –

Hamlet
TRANSLATION
SCRIPT

Act I

Scene —— i

(성앞 정원)

(Marcellus, Maid, Ophelia 등장)

Maid: Marcellus!

Marcellus: 오, 내 사랑. 보고 싶었어. 슬퍼 보이는데.

Maid: (눈웃음) 다른 친구들은?

Marcellus: 내가 따돌리고 왔지.

(Ophelia는 몰래 퇴장. Bernardo, Francisco 등장)

Bernardo: Marcellus. 너 거기 못생긴 여자랑 무슨 짓을 하는 거야?

Francisco: 혹시 . . . 너희 둘이 사귀는 거야? (배를 잡고 웃음)

Marcellus: (Maid를 밀쳐내고) 아니야! 난 이 여자 몰라.

Maid: 뭐? 이 나쁜 자식! 어떻게 이럴 수가 있어? 이번엔 정말 너를 죽일 거야.

(Polonius 등장)

Polonius: 왜 이리 소란스러워? Maid! Ophelia는 어디 있어? Ophelia 옆에 붙어 있으라고 했
잖아. Ophelia에게 무슨 일이라도 생기면 어쩔 거야?

Maid: 어, 금방 여기 계셨는데?

Polonius: 뭐? 금방 여기에 있었다니? 너 무슨 말을 하고 있어?

Maid: 죄송합니다. 죄송합니다. 제가 즉시 찾아보도록 하겠습니다.

Polonius: 주의해.

(Maid 퇴장)

Polonius: 자네들은 여기서 뭐하는가?

Marcellus: 아니야. 아무것도. Bernardo! 우린 아무 짓도 하지 않았지?

Bernardo: 그, 그래. 아무것도.

Francisco: 그나저나 Polonius 님은 언제 봐도 우아하시고 품위 있어 보이십니다. (아부 떤다.)

Polonius: (뻔뻔하게) 우리 집안이 어떤 집안인가? 뼈대 있는 가문 아닌가? 음 . . . 왕족일세. 하지만 저 바로 윗대 조상님 중에 전쟁에서 패하신 분이 있어서 왕족에서 쫓겨났지. 그러나 지금은 이 나라의 재상이지?

Bernardo: 아예, 지당하신 말씀입니다.

Polonius: 그럼 자네들 수고하게. 난 또 바쁜 일이 있어서. 자네들도 알고 있듯이 내가 원래 항상 바쁘다네. (웃으며 퇴장)

(병사들 뒤에서 Polonius에게 손가락질을 한다.)

(Horatio와 Hamlet 대련하며 등장. 그 뒤에 Ophelia가 수줍은 듯이 등장하고

Maid도 신이나 등장한다.)

(대련을 잠시 멈추고 쉰다.)

Maid: Horatio 님, Horatio 님! 너무나 멋있어요. 힘드시죠. Horatio 님은 언제 봐도 멋있으세요. 당신은 나의 태양이에요.

(Marcellus, Bernardo, Francisco가 Maid에게 시비를 건다. 모두들 티격태격 하다가

병사들은 도망가고 Maid가 그 뒤를 쫓는다. 퇴장)

Ophelia: 힘들지 않으세요?

Hamlet: 힘들긴. Ophelia가 보고 있기에 힘든 것도 몰랐어.

(Ophelia 수줍어하고 Hamlet과 Ophelia의 간단한 입맞춤. 그 후 Lord와 Gertrude 등장)

Horatio: 안녕하십니까? 폐하, 건강은 어떠신지요?

Lord: Horatio, 오랜만이군. 자네는 잘 지내는가?

Horatio: 저야 물론 잘 지내지요.

Lord: 음 . . . 자네도 장가들 나이가 되었군.

Gertrude: 그러게요. Horatio, 내가 봐둔 참한 숙녀가 있긴 한데. 자네 생각은 어떤가?

Horatio: (멋쩍어 한다.)

Hamlet: 아버지. 제게 어울리는 숙녀는 없습니까?

Gertrude: 너는 Ophelia가 있지않느냐?

Lord(선왕): 그래. Ophelia는 아주 아름답고 총명해서 나는 그 애가 너에게 잘 어울린다고 생각한다.

(모두들 웃는다. Ophelia는 부끄러워한다.)

Hamlet: 그럼 아버지, 어머니, 저희는 이만 물러가 보겠습니다. 즐거운 시간 되십시오.

(Horatio, Hamlet, Ophelia 퇴장. 왕과 왕비 정원을 거닐며 정다운 이야기를 나눈다.)

Lord(선왕): 오늘따라 당신이 무척 아름다워 보이는구려. 시간이 아무리 당신의 아름다움을 시들게 하여도 당신은 유일한 나의 장미요. 사랑하오, 왕비.

Gertrude: 부끄럽사옵니다. 폐하, 저도 당신을 사랑합니다. 어떠한 천재지변이 일어나도 당신을 향한 내 순수한 마음은 절대로 변함이 없을 것입니다.

Lord(선왕): 고맙소 왕비. 내 당신을 믿으오. 지금 이 마음 영원토록 변치 않게 합시다. 햇살이 따스하오. 당신의 마음은 저 햇살보다 더 따스하오. 이렇게 좋은 날 저기 저 벤치에서 한숨 자고 일어나면 더 좋을 것 같소.

Gertrude: 그럼 잠시 쉬고 계세요. 저는 성안에 들렀다 곧 돌아오겠습니다.

Lord(선왕): 좋소. 여기서 쉬고 있으리다. 속히 다녀오시오, 왕비.

(Gertrude는 퇴장하고 왕은 벤치에서 잠이 든다. Claudius, Reynaldo 망토를 쓰고 등장)

Reynaldo: Claudius 님! 저기 폐하께서 잠이 드셨습니다. 우리의 계획을 실행할 때인 듯합니다. 자, 여기 독이 있사옵니다. 제가 망을 보겠사옵니다.

Claudius: 그래. 그렇게 하자. 오, 가엾은 폐하. 이 잠에서 다시는 깨어날 수 없게 될 것을 당신은 아시옵니까? (비겁한 웃음. 왕에게 다가가 조심스레 독약을 귀에 붓는다.) (선포하듯) 지금부터는 내가 덴마크의 왕이다. Lord(선왕)이시여. 잘 가시오.

Lord(선왕): (괴로워하며 일어난다.) Claudius! 너가 나를 배신하다니.

Reynaldo: Claudius 님! 저기 누군가 오고 있습니다. Hamlet 왕자님입니다. 빨리 망토를 쓰십 시오. 서두릅시다.

(Claudius 나가는 도중 들어오는 Hamlet과 부딪힌다. 마침 Gertrude도 등장한다.

Claudius, Reynaldo 도망치듯 퇴장)

Gertrude: 아들아!

Hamlet: 어머니 오늘따라 기분이 좋아 보이십니다.

Gertrude: 그런 것 같으냐. Hamlet, 폐하께서 저기 벤치에 계시니 다가가 보려무나.

(Hamlet 아버지에게 다가갔다가 당황하며 아버지를 깨운다.)

Hamlet: 아버지! 아버지! 왜 그러십니까? 어머니! 아버지께서 이상하십니다.

Gertrude: 무슨 일이냐. 폐하. 폐하. 폐하. 정신 차리십시오. 왜 그러십니까?

Hamlet: 여봐라. 거기 누구 없느냐? 눈을 떠 보세요!

(사람들이 몰려온다.)

Claudius: 왜 그러느냐 Hamlet, 무슨 일이냐? 폐하께 무슨 일이라도 생겼느냐?

Hamlet: 나의 아버지 폐하께서!

Reynaldo: Lord(선왕) 폐하께서는 독사에게 물려 돌아가신 것 같습니다. 몸에 독 기운이 있습니다.

(Claudius, 왕에게 다가갔다가 Gertrude에게 돌아서며)

Claudius: 오 불쌍한 왕비여. 너무 슬퍼 마시오. 내가 있지 않소. 걱정 마시오. 모두 잘 될 것이오. 폐하께서는 돌아가셨지만 우리는 살아야 하지 않소.

Gertrude: 이제 저는 어떻게 살아가죠? 우리 Hamlet은요? (운다.)

(Claudius가 Gertrude를 부축하며 달랜다. 퇴장.

Horatio가 Lord(선왕)에게 다가가서 살피다 Hamlet에게 다가간다.)

Horatio: Lord(선왕)의 몸에 독이 퍼진 것은 사실입니다. 허나 이상한 것은 독사에게 물린 자국 이 없다는 것입니다.

Hamlet: 그것이 사실인가? 그래, 뭔가 이상해. 아, 그런데 저 뒷모습이 낯이 익구나. 그럼 혹시 . . . 삼촌이? 그럴리가.

(불 꺼짐)

(성벽)

(2개월 후)

Bernardo: 난 이런 식으로 보초 서는 것이 정말 싫어.

Marcellus: 나도 그래. 이 일은 아주 지긋지긋해.

Francisco: 그럼 자네들은 잠깐 쉬게. 나 혼자 지키고 있을 테니. 나를 믿으라구.

Bernardo: 정말! 그래도 되겠어? 우리가 너무 미안하잖아.

Francisco: 걱정 말어. 우리는 친구잖아.

Marcellus: 그래. Francisco! 너는 따뜻한 마음을 가졌어. Francisco 그럼 수고 좀 해.

(Bernardo와 Marcellus가 조는 동안 Francisco 몰래 군것질을 한다. 그러다 들킨다.)

(모두 티격태격 하는 동안 Hamlet과 Horatio가 등장한다.)

Horatio: 자네들 뭐하고 있어? 내가 보초 똑바로 서라고 했지?

Marcellus: 아, Horatio. 마침 잘 왔어. 이 자식이 우리 놔두고 혼자만 군것질을 하잖아.

Horatio: 입 다물어! 보초나 잘 서.

(자정을 알리는 종이 친다. 바람 부는 소리)

Hamlet: 갑자기 웬 바람이지?

(Lord(망령) 등장. 병사들은 기절한다.)

Horatio: 넌 누구냐? 정체를 드러내라!

Hamlet: 아, 아버지?

Horatio: 폐하? 폐하이시옵니까?

Lord(망령): Hamlet, 내 아들아! 원통하도다. Hamlet, 이 아비는 지상에서의 내 죄를 씻지를 못하고 죽었다. 그래서 밤이면 지상을 떠돌아 다니고, 낮이면 그 뜨거운 지옥 불에서 고통을 받고 있도다. 아 슬프다. 원통하다. 듣거라 Hamlet. 네가 진정 나를 사랑했었다면 그 비열하고 끔찍한 죽음의 흉계의 진실을 밝혀다오.

Hamlet: 폐하. 그것이 무슨 말씀이시옵니까? 그 사실을 자세히 말씀해 주시옵소서.

Lord(망령): Hamlet, 들어보아라. 모든 덴마크의 백성들은 내가 정원에서 독사에게 물려 죽은 것으로 알고 있다. 그러나 사실은 인간의 탈을 쓴 독사가 나를 죽였고, 내 왕관과 내 사랑하는 왕비와 친애하는 나의 나라의 백성인 덴마크 백성들을 손에 쥐고서 사악한 미소를 띠고 있단다. 나는 매우 원통하단다.

Hamlet: 저는 도무지 이해할 수가 없습니다. 도대체 무슨 말씀이십니까?

Lord(망령): 따라오너라, Hamlet!

Horatio: 안 됩니다. 왕자님. 저것은 필시 왕자님을 조롱하는 사악한 요물이 분명합니다. 왕자님 이성을 찾으십시오. 제가 저 유령을 물리치겠습니다.

Lord(망령): 나를 따라오너라.

Hamlet: 아버지.

Horatio: 안 됩니다.

(불 꺼짐)

Act II

(성안의 연회장 결혼식 장면)

(Lord(망령)과 Hamlet, Horatio 등장)

Polonius: 자, 주목하십시오. Claudius 님의 말씀에 귀를 기울여 주십시오.

Claudius: 여러분, 덴마크의 왕이시고 저의 형님이신 Lord(선왕) 폐하께서 돌아가신 지 벌써 2개월이 지났습니다. 함께 묵념합시다. (등장했던 모든 사람들이 잠깐 고개를 숙이며 묵념한다.) 그리고 이제, 제가 Lord(선왕) 폐하를 이어 덴마크의 국왕이 되었습니다. 그리고 이제 아름답고도 고귀하신 왕비전하와 결혼을 할 것입니다. 물론 이제부터는 Hamlet의 아버지도 되는 것입니다. Hamlet이 이 자리에 참석하지 못한 것이 아쉽습니다만 아비로서 Hamlet의 힘든 마음을 조금은 알 것 같군요. 그럼 여러분, 좋은 시간을 가집시다. 이 기쁜 날을 즐깁시다. 모두들 술잔을 드시오.

Gertrude: 여러분, 덴마크의 영광을 위해 축배를 듭시다. (웃는다.)

Claudius: Reynaldo! 자네도 한마디하게.

Reynaldo: 제가 한마디해도 되겠사옵니까? 자, Claudius 님! 당신은 덴마크의 왕이 되실 것입니다. 원하시는바 모두 이루시고 영광스러운 삶을 누리시옵소서!

Hamlet: (망령에게) 아버지 왜 이런 곳에 저를 데리고 오신 것입니까? 당장 나가겠습니다.

Lord(망령): 기다려라, Hamlet! 저들은 우리를 보지도 느끼지도 못한다. 그리고 저것을 보아라. 저기 그 독사가 있다. 저 독사의 사악한 미소가 보이지 않느냐?

Hamlet:	그렇다면 삼촌이 그 독사라는 말씀입니까?
Lord(망령):	그렇다. 그놈이 내가 정원에서 낮잠을 자는 동안 몰래 다가와 내 귀에다 피와 살과 영혼을 썩게 하는 독약을 부었다. 그 후로 난 영원한 잠에 빠져서 다시는 깨어날 수 없었지.
Hamlet:	그것이 사실입니까?
Lord(망령):	그래 Hamlet. 너가 나를 대신해서 나의 복수를 해다오. 그 독사 놈을 죽여 숨통을 끊어라.
Hamlet:	잘 알겠습니다. 그렇게 시행하겠습니다.
Horatio:	왕자님, 저 말을 믿지 마십시오.
Hamlet:	아니, 저 Lord(망령)의 눈빛을 보아라. 서러움과 슬픔에 찬 저 눈을. 금방이라도 눈물이 쏟아질 것 같아.
Horatio:	원래 요물이란 겉보기에는 착해 보여도 실제 속은 음흉한 그림자가 그득한 법입니다. 왕자님 다시 생각해 보십시오.
Hamlet:	한번 보아라. 더러운 적들이 우글거리고 있다. 어떻게 어머니가, 아버님의 동생이신 저 삼촌과 결혼을 한단 말인가! 약한 자여 그대 이름은 여자로소이다.
Lord(망령):	Hamlet아, 제발 이 아비의 원한을 풀어다오. 그렇지만 네가 그 일을 하는 데 있어서 흥분하지 말고 네 어머니까지 위해하려는 생각을 해서는 안 된다. 하늘이 어머니를 벌할 것이다. 양심의 가시에 찔리도록 그냥 두어라. (새벽을 알리는 종소리) 나는 이제 가야 한다. 새벽이 되었구나. 잘 있거라 Hamlet! 나와 내 말을 부디 기억해라.
Horatio:	왕자님. 제발 다시 생각해 주십시오. 저 Lord(망령)의 말은 그 증거가 없지 않습니까? 그 말이 정말 사실인지를 정확히 확인하는 것이 필요합니다.
Hamlet:	그래, 자네 말이 맞네. 증거는 없구나. 어떻게 그것이 사실인지 아닌지 확인한다는 말이냐. 저 Lord(망령)의 말이 사실이라고 나는 믿고 있기는 하지만.
Horatio:	Claudius 폐하 앞에서 연극을 하도록 하는 것이 어떠하옵는지요.
Hamlet:	연극?
Horatio:	연극을 하면서 Claudius 폐하의 행동을 잘 살펴봅시다.

Hamlet: 연극? 연극이라. 그것 좋은 방법일 것 같군. 그래 좋다. 그렇게 하자.

(불 꺼짐)

Scene —— ii

(성안 정원)

(Ophelia, Polonius, Reynaldo가 등장해 있다.)

Ophelia: 아버지, 저의 오빠가 곧 도착할 것입니다.

Polonius: 알았다. 그가 곧 도착할 거야. 조금만 더 기다려 보자.

(Laertes 등장)

Ophelia: 아버지, 저의 오빠가 오고 있습니다.

Polonius: 오, 내 아들. 너가 멋진 청년이 되었구나.

Laertes: 아버지, 안녕하셨어요? 건강은 어떠세요?

Polonius: 너의 아버지는 잘 있다, Laertes. 오랜만이다. 나는 항상 너가 보고 싶었다.

Laertes: 저도 아버지와 Ophelia가 그리웠어요. 오! Ophelia, 나의 동생! 너도 아름다운 여인이 되었네. 너의 미모가 너를 다른 사람으로 보이게 하는구먼. 내가 없는 동안 아버지 잘 보살폈니?

Ophelia: 예, 오빠.

Reynaldo: 여기까지 오는 길에 어려움은 없었니?

Laertes: 아니요, 어려움은 없었어요. 잘 계셨죠?

Reynaldo: 물론이지. 내게 어떻게 어려움이 있을 수 있겠어?

Polonius: Laertes! 가서 쉬어. 긴 여행으로 인해 피곤할 텐데. 나중에 함께 저녁식사하며 이야기 나누자꾸나.

Laertes:	예, 조금 피곤하네요. 먼저 가서 쉬겠습니다. Reynaldo! 오늘 저녁 우리 파티에 오게.
Reynaldo:	알겠습니다.
Laertes:	Ophelia, 나와 함께 가세. 긴 시간으로 인해 여기가 낯선 곳처럼 느껴지네. 그럼 먼저 가겠습니다.

(인사하고 Ophelia와 함께 퇴장)

Reynaldo:	Polonius 님, 드릴 말씀이 있어요. 요즘 Hamlet의 행동이 조금 이상한 것 같아요.
Polonius:	나도 그렇게 느꼈네. 결혼식 이후부터 Hamlet이 무슨 음모를 계획하고 있는 것 같은데.
Reynaldo:	그렇습니다. 얼마 전에는 Hamlet과 Horatio가 비밀스런 이야기를 나누는 듯하였습니다. 음모를 꾸미고 있음이 확실합니다.
Polonius:	그래? 그럼 우리도 대비책을 세워야겠군. 우선 Hamlet과 Horatio의 행동을 면밀히 관찰하게.
Reynaldo:	예, 그럼 내일부터 그들이 행동을 은밀히 살피겠습니다.

(Bernardo, Marcellus, Francisco 등장)

Bernardo:	아니, 서로 무슨 말씀들을 나누시는 겁니까?
Marcellus:	무슨 비밀스러운 내용이라도 있는 것 같은데 맞죠?
Francisco:	우리에게도 좀 알려주세요. 무슨 이야기입니까?
Polonius:	자네들같이 머리 둔한 사람들은 몰라도 되는 일이야. 어서 자네들 볼일이나 잘 보러 가게.
Reynaldo:	Polonius 님, 그런 말씀 마세요. 우리도 둔하고 싶지 않아요. 이 돌 세 개를 보십시오. 서로 너무 잘 어울리지 않습니까? 이들이 서로 부딪히면 불꽃을 일으킬 수 있습니다.
Marcellus:	뭐, 뭐라고? Bernardo, Francisco, 우리는 지금 놀림당하고 있네. 화나지도 않나 자네들은? 어서 말 좀 해보게.
Bernardo:	Reynaldo, 자네 말이 너무 심하네. 자네 우리에게 사과해야 하네.
Reynaldo:	내가 사과할 이유는? Polonius 님! 저의 말은 전적으로 사실입니다. Polonius 님도 그렇게 생각하죠?

Polonius: 당연히 그렇지. 자네들은 가서 보초나 잘 서게.

Francisco: Polonius 님! 그렇게 말씀하시면 저희도 사실을 있는 그대로 얘기할 수밖에 없군요. 실제로 Polonius 님이 대단한 가문 출신이 아닙니다. 저희 가문도 그에 못지않습니다.

Bernardo: 맞아. 사실 Polonius 님 뭐 그리 대단하지 않아. 잘 둔 딸 하나 덕분에 이만큼 상승한 것이지 뭐.

Polonius: 뭐? 이놈들이 정말! 내가 장차 왕자의 장인이 될 사람인데 그런 말을 하는 거냐? 내 그 날에 너희들이 속죄하게 만들 것이다.

Reynaldo: Polonius 님, 그날을 위해서 참으십시오. 너희들을 용서하지 않을 거야. 각오해라. 이 돌 같은 놈들아.

Marcellus: 흠 . . . 각오하고 있을게. 한번 마음대로 해보시게. 참. 그리고 Reynaldo 자네도 그런 말 할 입장은 못 될 텐데? 어디 두고보자고.

(Marcellus, Bernardo, Francisco 퇴장)

Reynaldo: Polonius 님, 저 돌같이 둔한 애들의 말에 역정을 내지 마십시오.

Polonius: 그래. 좋아. 내 자네를 봐서 참겠네. 그럼 아까 했던 말 잊지 말고 잘 감시하게.

Reynaldo: 네, Polonius 님. 자신 있습니다. 저를 믿어 주십시오.

(Polonius, Reynaldo 퇴장과 동시에 Hamlet과 Ophelia 등장)

Hamlet: 이곳엔 아무도 없는 것 같구려. (Ophelia 수줍어함) Ophelia, 당신도 알고 있겠지만 요즘 내 심기가 너무 불편하오. 그로 인해서 당신에게 잘하지 못한 점을 용서해 주시오.

Ophelia: 아닙니다, 왕자님. 힘들어 하시는 왕자님께 제가 아무런 도움이 되지 못했기에 죄송하다고 해야 할 사람은 저입니다.

Hamlet: 오, 역시 그대는 천사보다 더 따스한 마음씨를 가진 것 같소. 내 어찌 그런 당신을 사랑하지 않을 수 있으리까? 당신을 정말로 사랑하오. 내 마음 알고 있소?

Ophelia: 전하, 저에게는 영광입니다. 왕자님! 왕자님이야말로 인자한 미소와 달콤한 속삭임으로 저를 사로잡고 계십니다.

Hamlet: 하지만 Ophelia. 나는 불안한 마음을 지울 수 없소. 알 수 없는 두려움이 나를 사로잡는 것 같소.

Ophelia: 걱정하지 마세요, 왕자님! 당신은 이 세상 그 누구보다 강하며 단단한 사람입니다. 어떠한 것도 당신을 두려움에 빠뜨릴 수 없어요.

Hamlet: 아니오, 당신의 아름다움이 나를 두려움에 빠지게 만들고 있소.

Ophelia: 천부당만부당하신 말씀이옵니다.

Hamlet: 나는 언제나 Ophelia 당신만을 사랑하겠소. (Hamlet과 Ophelia가 포옹을 하려던 찰나, Marcellus가 Maid를 업고 등장. Hamlet과 Ophelia를 보고 놀란다.)

Maid: 아가씨! 지금 뭐하고 계셨어요?

Ophelia: 뭐하긴. 아, 아무것도 안했소.

Marcellus: 야, 왜 방해하고 그러냐? 우리가 자리를 비켜드리자. 하던 일 계속하세요. (Maid를 끌고 퇴장)

(Hamlet, Ophelia 포옹)

(불 꺼짐)

Act III

(성안의 연회장)

(Hamlet, Horatio 등장)

Hamlet: 지금쯤 연극 준비는 다 되었겠지?

Horatio: 물론이죠. Bernardo, Marcellus, Francisco가 완벽히 해내는 것을 확인하고 왔습니다.

Hamlet: 그럼, 사람들을 모으게. 그리고 폐하와 왕비님도 함께 모시고 오도록 하게.

Horatio: 그럼, 저는 물러가 있겠습니다.

(Horatio 퇴장)

Hamlet: 사느냐 죽느냐 그것이 문제로다. 오늘 이 일만 잘 해결되면 나는 죽어도 여한이 없겠도다. 아버지, 오늘 제가 이 흉계를 밝혀 원수를 갚을 수 있도록 힘을 주시옵소서.

(Laertes 등장)

Laertes: 왕자님.

Hamlet: 오, Laertes! 나는 자네가 덴마크로 돌아온다는 이야기를 들었지만 만나지 못했네. 미안하네.

Laertes: 맞습니다, 왕자님. 그런데 얼굴이 창백해 보이세요. 무슨 걱정이라도 있으신가요?

Hamlet: 오, 정말. 아무 일 없네.

Laertes: 왕자님 부친께서 돌아가셨을 때 뵙지 못해서 죄송합니다. 장례식에도 함께하지 못했구요. 정말 죄송합니다. 나는 왕자님과 슬픔을 함께합니다. 왕자님, 힘내십시오.

Hamlet: 고맙네. 우리가 곧 열게 될 파티에 참석할 수 있겠지?

Laertes: 네, 왕자님.

(모두 등장)

Hamlet: 폐하와 어머니의 결혼식을 축하드리기 위해 변변찮은 공연을 준비했습니다. 즐거운 시간 가지십시오.

(마술과 춤 시작)

Hamlet: 이제 본격적으로 연극 공연을 관람하도록 합시다. Horatio, 연극 공연을 시작해 보게나.

Horatio: 예, 그럼 연극을 시작하겠습니다. 연극의 제목은 "쥐덫"입니다.

(연극 공연)

(Claudius, Reynaldo 안절부절못하고 Gertrude도 당황해 한다.

Claudius 갑자기 벌떡 일어서며 무대 쪽으로 다가간다.)

Claudius: (미친 듯이 소리친다.) 그만, 그만! 연극을 당장 중지하라. (괴로워한다.)

Hamlet: (왕의 곁으로 다가가) 왜 그러십니까? 폐하. 가슴 깊은 곳에서 한줄기 양심은 아직 살아 있어서 그런가요? 모두들 보시오. 이 겁에 질린 왕의 모습을. 두려워 떨고 있지 않느냐. Horatio, 자네도 분명히 볼 수 있겠지?

(비웃는다.)

Horatio: 예, 왕자님. 저도 잘 똑똑히 보고 있어요.

Polonius: 폐하, 어디 편찮은 곳이라도?

Claudius: (말을 더듬으며) 아 . . . 아니야. 아무 일 없어. 그냥 좀 쉬고 싶다.

Polonius: 폐하를 뫼시어라. (Reynaldo와 Horatio가 Claudius를 부축하며 퇴장. 나머지도 그 뒤를 따라 퇴장한다. Polonius는 퇴장할 듯하다가 왕비와 Hamlet의 대화를 엿듣는다.)

Gertrude: Hamlet. 너 아버지께 그런 무례한 짓을 하고 있냐. 나중에 진심으로 사과를 드려라. 아버지를 왜 그렇게 힘들게만 하느냐?

Hamlet: (황당한 듯) 힘들게 하다니요? 누가 이 일을 저질렀습니까? 이해가 안 되네요. 그나저나 어머니도 안색이 안 좋아 보이시는군요. 왜요? 어머니도 이 연극을 보니 양심의 가책을 느끼시는가요?

Gertrude: 너 지금 무슨 소릴 하는 게냐? 그만두거라, Hamlet! 다시 한번 더 이런 일이 있을 때는 내가 너를 용서하지 않을 거다.

(Hamlet 분노에 못 이겨 소리를 지른다. Gertrude에게 덤벼든다.)

Gertrude: (두려움에 떨며) Hamlet, 너 왜 이래?

Hamlet: 어머니께선 예전에 제가 알던 그분이 아닙니다. 아버지께서 돌아가셨을 때 예전에 제가 사랑했던 옛날 저의 어머니도 함께 돌아가셨습니다.

Gertrude: (울먹이며) Hamlet! 너가 내게 어떻게 그렇게 말할 수 있느냐? 제발 그러지 말고 정신차려라. 이성을 잃어서는 안 된다.

Hamlet: 어머니, 당신이 이성을 되찾아야 하실 분입니다. 어떻게 아버지를 배신하고 삼촌과 이렇게 행복해하실 수 있는 것이옵니까? 이런 당신의 모습을 보고도 아버지께서 저 하늘에서 편히 잠들 거라 생각하십니까?

Gertrude: (울부짖으며) 햄릿 그만해라. 제발.

(Lord(망령) 등장)

Hamlet: 아버지!

Gertrude: (겁에 질려) Hamlet! 너 누구를 보고 말하고 있냐!

Hamlet: 어머니, 보이지 않습니까?

Gertrude: 보이다니. 도대체 뭐가 보인다는 말이냐? 이 방에는 너와 나 둘밖에 없다.

Lord(망령): Hamlet. 그만두거라. 어머니께서 저렇게 겁에 질려 계시지 않느냐. Hamlet, 어머니께서는 아직도 나의 죽음의 진실에 대해 모르고 계신다. 네가 소상히 어머니께 고하거라. 그리고 어머니를 끝까지 나 대신 지켜주어야 한다.

(Lord(망령), 여운을 남기며 사라짐)

Hamlet: 아버지 . . . 아버지! (괴로워한다.) 어머니, 아직도 모르시겠습니까? 지엄하신 덴마크의 왕이시며, 내가 가장 존경했던 Lord(선왕) 폐하를 죽인 건 바로 삼촌입니다. 아버지를 독살시켜 지옥의 불로 빠뜨린 사람이 바로 삼촌입니다. 아! 어머니, 제발 예전에 그 지엄하시던 모습을 되찾으셔야 합니다.

Gertrude: (겁에 질려) 햄릿, 이러지 마라. 제발 그만해라. 사람을 불러야겠다. 거기 아무도 없느냐.

(커튼 뒤에 숨어 있던 Polonius, 황급히 소리지른다.)

Polonius: 도와줘.

Hamlet: (음흉한 미소를 지으며) 왕비님. 고귀한 이곳에 쥐가 있는 듯하옵니다. 감히 미천한 쥐 주제에 어떻게 성안에서 살 수 있단 말인가? 절대로 살려둘 순 없다. (칼로 Polonius를 찌른다. Polonius 나뒹굴다 죽는다.)

(Gertrude 겁에 질려 소리를 지른다. Gertrude의 비명소리를 듣고 Claudius를 제외한 나머지 등장)

Ophelia: 아버지! 왕자님, 왕자님께서 죽였을 리가 없죠? 어서 말 좀 해봐요.

Hamlet: (고개를 떨군다.)

Ophelia: 어떻게 그러실 수 있어요? 저의 아버지가 무슨 잘못이라도 했나요? 어떻게 나의 아버지를 죽일 수 있단 말입니까? 어떻게.

Hamlet: (괴로워하며 소리를 지르고, 도망치듯 달려간다.)

Horatio: 왕자님! (Hamlet의 뒤를 쫓아간다.)

(Ophelia의 슬픔은 극에 달하고 슬픔을 초극해 미치기 시작한다.)

(불 꺼짐)

Act IV

(성안 정원)

(Ophelia 춤추고 노래 부르며 등장. 뒤따라 Maid도 등장)

Maid: 아가씨. 왜 그러세요.

Ophelia: 요즘 따라 너도 점점 예뻐지고 있어. 하지만 나의 미모는 따라올 수가 없을 거야.

Maid: 예, 아가씨. 아가씨께서는 언제나 아름다우시죠. 제가 항상 느끼는 바입니다.

Ophelia: 그래? 뭐 그런 말을. 오늘 날씨가 참 좋군. 맞지?

Maid: 예, 정말 날씨가 좋습니다. 그런데 아가씨 이제 그만 들어가시죠. 오빠가 알면 큰일입니다.

Ophelia: 괜찮아, 문제없어. 저기 사람들이 많이 있네. 인사를 하고 올게.

Maid: 아가씨, 이제 그만하세요.

Ophelia: (관객 쪽으로 내려간다.) 안녕하세요 날씨가 너무 좋지요? 점심은 드셨나요? (즐거워함) 이것은 빨간 장미입니다. 장미의 꽃말은 열정적인 사랑이죠. Hamlet . . . 저의 사랑을 받아주세요. (웃다가 흐느끼며) 그런데 왜 당신은 제 아버지를 죽였나요? 우리 아버지가 죽었대요. (무대 위로 올라가 다시 미친 웃음) 나의 사랑 Hamlet이 우리 아버지를 죽였대요.

(Claudius와 왕비 Laertes 등장)

Ophelia: (무대 위로 올라간다.) 폐하. 너무 아름답지 않아요? 하늘에서 눈이 내려와요. 하얀 눈이 소복소복 쌓여 발목을 덮고 있어요. 시리고 차갑지만 감기는 걸리지 않을 거예요.

Laertes: (Ophelia의 두 팔을 붙잡고 흔들며) Ophelia. 정신을 차리렴. 이 오빠를 못 알아보겠니? 누가 너를 이렇게 만든 것이냐?

Ophelia: 안녕하세요. 당신은 누구세요? 눈 구경을 하러 오셨나요?

Laertes: 오, 맙소사! 나를 못 알아본단 말인가? 더는 두고보지 못하겠다. 저 밝고 총명하던 나의 동생이!

Ophelia: 나의 사랑, Hamlet! 그대가 제 아버지를 죽였어요, 그렇죠? 너무도 슬프지만 우리 함께 웃어요.

Laertes: Hamlet. 아, 이 모든 것이 Hamlet 때문이다. Hamlet이 아버지를 죽였고, 그 후 내 사랑하는 동생 Ophelia가 충격으로 실성하고 말았다. Hamlet! Hamlet에게 복수를 해야 한다. Hamlet, 너는 결코 내 복수의 칼을 벗어나지는 못할 것이다. (뛰어나감)

Ophelia: 왕비님께는 순결의 꽃을 드리구요, 폐하께는 제비꽃을 드리겠습니다. 이 꽃은 제 꽃이에요. 아름답지 않나요? 이건 바로 정열의 꽃이죠. (무대 위에서 뛰어다니며 춤추고 노래한다.)

Claudius: Ophelia! 그토록 밝고 총명하던 너의 모습은 다 어디로 가버렸냐?

Gertrude: 오, 가엾은 Ophelia! Ophelia가 정말 불쌍해요. 저는 Ophelia의 모습을 볼 때마다 안타까운 마음이 듭니다. 자네도 수고 많이 했네.

Maid: 아닙니다. 별말씀을요. 저는 단지 Ophelia 아가씨께서 예전 모습을 되찾으시길 일구월심 바랄 뿐입니다.

Ophelia: (뛰어놀다가 왕비의 치마를 뒤집으며 즐거워한다. 왕비를 친다.)

Claudius: Ophelia, 무슨 무례한 짓을 하는 거야! 네가 아무리 정신이 나가 있어도 더 이상의 무례한 행동을 용서할 수 없다. 너는 지금 정신이 나가 있다.

Maid: 아가씨! 얼른 왕비님께 사과드리세요.

Claudius: 너는 미친 여자야! (Ophelia의 뺨을 때린다.)

Maid: 아가씨! (놀람)

Ophelia: (잠시 조용해짐) 폐하. 폐하께서 지금 제가 제정신이 아니고 미쳤다고 말씀하셨습니까? 네, 맞아요. 저는 미쳤습니다. 미쳤다구요. 저는 단 한순간에 아버지를 잃고 말았으니까요. 제가 가장 사랑하는 아버지를 Hamlet의 손에 의해서 말입니다. 폐하라면 어떻겠습니까? 지금 제 심정을 이해하시겠습니까? 제가 얼마나 비참한지를 아무도 몰라요. 어떤 방법으로도 이미 하늘나라로 가신 아버지를 다시 이 세상으로 모시고 올 순 없겠죠. 다시는 아버지의 살아 계신 모습을 뵐 수 없겠죠. 제게 더 이상의 삶의 의미는 없어졌어요. 아버지를 그리워하며 이렇게 미쳐 갈 바에는 차라리 아버지 곁으로 가겠어요. (칼을 뽑아 듦과 동시에 자결한다.)

(불 꺼짐)

Scene — ii

(장례식장)

(Priest, Claudius, Laertes, Horatio, Gertrude, Reynaldo가 등장해 있다.)

Priest: 신의 은총이 함께하시길 . . . 우리는 지금 우리의 자매인 Ophelia를 주님 곁으로 보냅니다. 주님 곁에서는 행복하길 기원합니다. 지상에서의 고통과 아픔을 잊고 편히 잠들 수 있도록 기도 드립시다. 아멘. 이제 모두 끝났습니다. 돌아갑시다.

Laertes: Ophelia! Ophelia! (Ophelia를 안고 운다.) Ophelia, 죽음으로부터 지켜주지 못한 나를 용서하거라. 편안히 잠들거라. 그리고 하늘나라 아버지 곁에서는 부디 행복하렴. 이 오빠를 용서해라.

(Hamlet 등장)

Hamlet: (Laertes를 제치고 Ophelia를 바라보며) Ophelia, 나의 사랑! 눈을 떠보아요. 제발 일어나요, Ophelia!

Laertes: (Hamlet을 노려보며) Hamlet! 너의 그 더러운 몸뚱이. 빨리 Ophelia 옆에서 떠나라.

너는 . . . 너는 . . . (Hamlet을 Ophelia에서 떼어 놓고) 이 더러운 놈아! 하하하! 이제 세상에는 너의 사랑 Ophelia는 더 이상 존재하지 않아. Ophelia는 하늘나라에서 너를 미워하고 있을 것이다. 왜 이곳에 왔는가? 왜? 더 이상 너 같은 비열한 놈과는 함께 숨을 쉬며 살아갈 수가 없다. 사라져라.

Hamlet: 미안하오. 미안하오. 나를 용서해 주시오!

Laertes: (Hamlet의 멱살을 잡고) 이 나쁜 놈! 너를 용서할 생각이 전혀 없어. 아버지도 돌아가시게 하고, 이제는 나의 사랑하는 누이동생까지 죽게 하는구나. 너는 인간의 탈을 쓴 악마다! 이 악마야! (Hamlet의 얼굴을 때린다.)

Hamlet: (무릎을 꿇는다.) 당신의 분이 풀릴 때까지 맞겠소.

Laertes: 뭐? 그래 좋아. (Hamlet을 때린다.)

Horatio: (Laertes를 막아선다.) 이제 그만하시죠.

Laertes: 뭐, 넌 또 뭐냐.

Horatio: 이제 그만하셔도 될 것 같습니다. 왕자님을 모셔라.

Gertrude: Laertes, 그만 참게. 자네 왜 이러는가. 우리는 지금 장례를 치르고 있어.

Hamlet: 아닙니다, 어머니! 전 저의 죗값을 치러야 합니다.

Gertrude: Hamlet! 그게 무슨 말이냐? 너의 잘못만이 아니다. 어서 치료부터 하러 가자. 나가자.

(병사들, Horatio도 함께 퇴장)

(Claudius와 Laertes, Reynaldo가 남는다.)

Reynaldo: Laertes 님, 괜찮으십니까?

Claudius: 괜찮은가?

Laertes: 하늘도 무심하십니다. 저에게는 이 시련이 너무나 가중하게만 느껴집니다. 이 세상에 저 혼자 남은 것만 같습니다.

Claudius: 너무 상심하지 말게. 아, 어쩌다 상황이 이렇게 비참하게 되어버렸는가.

Laertes: Hamlet의 악행을 용서하지 않을 것입니다. 절대로!

Claudius: 자네의 각오가 너무나 확고하니 내가 자네를 돕도록 해보겠네.

Laertes: 폐하, 진심이시옵니까? 비록 Hamlet 왕자님이 폐하의 친자식은 아니오나, 폐하의 아드님이시옵니다. 그런데 어째서 Hamlet에게 복수하려는 저를 도우시는 것입니까?

Reynaldo: 사실, Hamlet 왕자님은 폐하를 노리고 계셨습니다.

Laertes: 네? 그것이 사실이옵니까? 잔악한 놈! 우리 아버지와 Ophelia까지 모자라 자신의 양 아버지마저 죽이려 들다니. 그놈은 천벌을 받아야 합니다. 어떻게 아버지와 Ophelia 를 죽이고 전하를 시해할 수 있단 말인가? 그놈은 용서받아서는 안 됩니다.

Claudius: 그렇게 흥분할 것 없네. 나와 같이 그놈을 죽일 작전을 짜보세. 우리 모두 힘을 합쳐 Hamlet을 없애야 해. 혼자서 하는 것은 무리야.

Reynaldo: Laertes 님! 이 순간을 위해 제가 폐하와 함께 생각한 좋은 수가 있습니다. 제가 이때 까지 들어온 바로는 Laertes 님의 칼 솜씨가 아주 뛰어나다고 들었습니다. 프랑스에 서 칼싸움이라면 최고를 자랑하는 장군도 Laertes 님 앞에서는 굴복하게 될 정도라 고 하더군요.

Laertes: 지금 그 말은 내가 Hamlet과 칼싸움을 하라는 말인가? 폐하, 칼싸움을 하라고 하시 면, 마다하지 않겠습니다. 제 아버지와 동생을 위한다면.

Claudius: 역시 똑똑하군. 칼싸움을 하게. 단, Hamlet에게는 아주 무딘 칼을, 자네에게는 예리한 명도가 가게 하는 것일세. 그 두 개의 칼의 예리함의 차이는 자네와 나만이 알 수 있도 록 하는 것일세.

Reynaldo: 더 확실한 효과를 내기 위해 그 칼에 독을 바르는 게 좋겠습니다. 마침 맹독이 있습니 다. 이 독은 피와 살을 녹게 하고 영혼마저 섞어버리게 만드는 잔혹하고 무서운 독입 니다.

Claudius: 그리고 난 만약을 대비해서 독배를 만들겠네.

Laertes: . . .

Reynaldo: 망설일 것 없습니다.

Laertes: 그럽시다 . . .

Claudius: 그래 좋다. 한번 시도하도록 하자. 내일이 벌써 기대되는군.

(Claudius 간사하게 웃는다.)

(불 꺼짐)

Act V

(성안 연회장)

(Reynaldo와 Claudius가 칼에 독을 바르고, 독주를 만들고 있다.)

Laertes: 하지만 . . . 이 모든 일이 문제 없을까요?

Claudius: 걱정마라. 모든 일이 다 잘 풀릴거야.

Reynaldo: (등장) 폐하, 왕비님과 Hamlet 왕자님을 모셔왔습니다. (Gertrude와 Hamlet, Horatio와 병사들도 뒤따라 등장)

Claudius: 자, Hamlet과 Laertes. 서로 악수를 하게. (둘의 손을 쥐여준다.) 자네들 모두 오늘 이 자리에서 지난날의 그 나쁜 감정들을 남자답게 검술시합을 하여 날려버리고, 앞으로는 서로 친한 친구 사이가 되는 것이 어떤가?

Hamlet: Laertes! 지난날의 나의 잘못을 용서해주게. 폐하 말씀처럼 우리 이 검술시합을 하여 모든 지난날의 감정들은 날려버리고 새로운 우정을 회복해 보세.

Laertes: 왕자님의 그 말씀을 들으니 저도 행복해집니다.

(Reynaldo는 칼이 담긴 쟁반을 들고 오고 Laertes와 Hamlet은 시합 준비를 한다.)

Claudius: (앞으로 나와) 여러분, 오늘 이 시합은 이 두 남자의 명예와 화해가 걸린 시합입니다. Hamlet! Laertes! 둘 다 정정당당하게 시합에 임해주길 바라네.

Reynaldo: 자, 이제 시작하겠습니다. (호각 소리)

Laertes: 왕자님. 각오하십시오. 봐주진 않겠습니다.

Hamlet: 그렇게 하세. 나도 최선을 다할 테니 자네도 최선을 다하길 바라네.

(Laertes가 Hamlet에게 달려든다. Hamlet과 Laertes 격렬한 몸싸움을 벌이다가 Hamlet이 우세. 결국 Hamlet이 이긴다.)

Horatio: (호각을 붊) 1회전은 Hamlet 왕자님의 승리로 끝났습니다. 자, 2회전을 준비해주십시오.

(Hamlet은 준비를 하고 Claudius는 Laertes를 부른다.)

Claudius: 이제 우리의 계획을 실행할 때가 온 것 같네. (사악하게 미소를 짓는다.)

Laertes: 꼭 이렇게 해야만 할까요?

Claudius: 지금 무슨 소리를 하는 건가? 이제 와서 포기할 순 없어. (독이 묻은 칼을 넘긴다.) 자, 1회전에서 승리한 Hamlet을 위해 이 몸이 직접 축배를 들겠소. Hamlet, 이번에도 이긴다면 이 잔을 들어주게.

Gertrude: (Hamlet에게 다가가) 내 아들 Hamlet 정말 장하구나. (아주 기뻐하며 잔을 든다.) 내가 Hamlet을 위해 잔을 들겠소. Hamlet 꼭 승리하길 바라네.

Claudius: 안 되오. 왕비! 그 잔을 들지 마시오.

Gertrude: 왜요? (의아해하다가) 저는 Hamlet을 위해 이 잔을 들겠어요! (포도주를 한 모금 마시고 Hamlet에게 건네며) Hamlet, 내가 승리를 보상해줄게. (자리로 돌아감.)

(Hamlet과 Laertes, 격렬하게 2회전 시합을 한다. Laertes가 달려들어 Hamlet의 팔을 칼로 스친다.)

Hamlet: 이게 무엇이냐? 시합용 검을 쓴 것이 아니었느냐? Laertes! 비겁하다. 각오하게! (Hamlet이 더 격렬하게 싸운다. 칼을 떨어뜨림. 칼이 뒤바뀜. Hamlet이 우세하여 Laertes 몸에 상처를 입힌다. 독주 때문에 고통스러워하던 왕비 갑자기 쓰러진다.)

Horatio: 왕비님! 왕비님! 정신 차리세요!

Hamlet: (Hamlet, 달려와 어머니를 끌어안는다.) 어머니!

Gertrude: (왕을 노려본다.) 사랑하는 아들 Hamlet. (포도주 잔을 가리키며) 저 . . . 저 술이 독약이야. (죽음)

Hamlet: 어머니! (포효) 음모다. 문을 잠가라. 범인을 찾아라!

Laertes: (칼에 맞아 고통스러워하며) 왕자님! (왕을 가리키며) 범인은 바로 저기 있습니다. 저분이 칼에 독을 묻히게 했습니다. Hamlet 왕자님! 당신과 나의 몸에 독이 퍼지고 있습니다. 그리고 그 독이 든 포도주 잔은 이 계획이 실패했을 때를 대비해서 준비한 것이었습니다.

Hamlet: (포효, 왕에게 돌진) 당신은 지옥에 가야 마땅하다! 더러운 자식! 당신은 쓴 고통을 맛보아야 해!

Claudius: 아닐세. Reynaldo. 나를 보호하게! (Reynaldo를 당겨 자신을 막는다. Reynaldo 쓰러진다.)

Hamlet: 이 저주받을 덴마크 왕아. 네가 탄 독에 죽어보아라. (포도주를 강제로 마시게 한다. 칼로 찌른다.) (힘겨워한다.) Laertes, 괜찮은가? 어서 일어나게. 억울하지도 않은가? 어서 정신 차려. 저 죽어가는 독사를 보게. 어서.

Laertes: 왕자님. 정말 죄송합니다. 용서하십시오. (죽는다.)

Hamlet: 하늘도 자네를 용서할 걸세. 좋은 곳으로 가게나. (무릎을 꿇은 채) Horatio! 자넨 정말 내게 둘도 없는 좋은 친구였어. Marcellus, Bernardo, Francisco 자네들도 역시 정말 좋은 사람들이야. 하늘에서도 자네들을 잊지 못할 걸세.

Bernardo, Marcellus, Francisco: 왕자님! (운다.)

Hamlet: (힘겨워한다.) 이제 내게 남은 기력이 다한 듯하네. Horatio, 자네가 모든 사실을 알려주게나. 그래야 내가 편히 눈을 감을 걸세. 내 부탁을 들어주게나. 이 사실을 천하에 알려주게. (죽는다.)

Horatio: 왕자님! 안 되옵니다. 왕자님! 네, 왕자님 명대로 이 일을 모두 세상에 알리겠습니다.

(모두들 고개를 숙인다.)

– The End –

Othello

오셀로

Twelfth Night
Hamlet
The Winter's Tale
The Merchant of Venice
A Midsummer Night's Dream
The Taming of the Shrew
Much Ado About Nothing
As You Like It
King Lear
Commedy of Errors
Romeo & Juliet

『오셀로』(Othello)는 셰익스피어가 사극을 주로 작술하였던 초기의 습작시대와 희극을 주로 썼던 중기의 역사극과 희극의 완성기를 거쳐 그의 극작기법이 극에 달했던 4대 비극의 작술시기에 나온 작품이다. 이 작품은 『햄릿』(Hamlet) 『리어왕』(King Lear) 『맥베스』(Macbeth)와 더불어 셰익스피어의 4대 비극에 속하는 작품으로 그 비극의 원인은 질투에 있다 하여 이른바 질투의 비극이라고 한다.

그러나 그 스토리 전개의 깊은 곳에서 풍기는 의미는 단순한 질투의 비극이라기보다는 자신의 아내의 주검 위에서 자신의 과오를 깨닫고 통곡하는 Othello의 모습이 우리에게 진실은 결코 사장되지 않는다는 숭고한 교훈을 제공해 주고 있다.

본 극은 원작의 주제가 훼손되지 않는 범위에서 개작·각색하여 현대적 감각에 맞게 재구성했으며 주제 전달이 용이하게 주 플롯(main plot)을 중심으로 엮었다.

- **Othello**(오셀로) : 23세. 베니스의 유능한 장군. 전쟁에서 큰 공을 세워 총사령관으로 임명되었다. Desdemona의 연인이다. Desdemona와 몰래 사랑을 나누다가 Brabantio에게 들키지만 결국 허락을 받는다. 평소에 무뚝뚝하고 우직하지만 사랑 앞에선 한없이 자상해지는 남자. 키가 크고, 건장한 체격, 구릿빛 피부에 다갈색의 머리칼. 강인한 이미지이다.

- **Desdemona**(데스데모나) : 19세. 베니스의 원로원인 Brabantio의 딸. Othello와는 연인 사이이다. 오직 Othello만을 사랑한다. 그러나 Othello의 오해로 인해 결국 그의 손에 죽게 된다. 얌전하고 순종적이며 지조 있는 외유내강형의 천상 여자이다. 백옥 같은 피부에 굵은 웨이브 진 긴 금발머리이다. 가녀리고 청순한 모습이다.

- **Iago**(이아고) : 26세. 욕심 많은 베니스의 장군. 총사령관 자리에 오르기 위해 Othello를 곤경에 빠뜨린다. 하녀인 Stella를 쓸모없어졌다는 이유만으로 죽일 만큼 피도 눈물도 없는 간사하고 잔인한 인물이며, 원하는 것을 손에 넣기 위해서라면 수단과 방법을 가리지 않는 책략가이다. 큰 키에 비쩍 마른 몸. 검고 긴 곱슬머리를 묶고 다닌다. 날카로운 이미지이다.

- **Brabantio**(브라밴쇼) : 45세. 베니스의 권력 있는 원로원. 외동딸인 Desdemona를 굉장히 아껴 Othello와의 결혼을 반대하지만, 딸의 선택을 믿고 결국 허락한다. 가문을 중시하는 보수적인 사람이며 가정적이다. 계산적이지만 한편으로는 정(情)에 약하다. 희끗희끗한 머리에 덥수룩한 수염. 크지 않은 키에 배가 나와 있고 풍채가 좋다.

- **Cassio**(캐시오) : 20세. Othello의 오른팔인 베니스의 부관. 몰락 귀족의 후손이다. Desdemona에게 사랑의 감정을 느껴 고백하지만 거절당한다. 그리고 그들의 사랑에 감동하여 체념하고 그들의 사랑을 지켜주기로 결심한다. 하지만 이런 그는 Othello가 Desdemona에게 배신감을 느껴 죽이는 결정적인 역할을 하게 된다. 매너 있고 다정다감하며 반듯하지만 사랑 앞에선 수줍어하는 청년이다. 금발의 꽃미남이다. 동그란 눈에 소년 같은 이미지이다.

- **Emilia**(에밀리아) : 18세. Desdemona의 하녀. 늘 Desdemona와 함께하며 힘들 땐 위로해주고, 기쁠 땐 함께 기쁨을 나눈다. 눈치 없고 분위기 파악을 잘 못 하지만 특유의 웃음으로 그

때그때 재치 있게 넘긴다. 가끔 바보 같고 주책맞은 행동을 해도 미워할 수 없는 귀여운 푼수이다. 통통하고 동글동글한 얼굴. 구불구불한 머리칼을 가졌다.

- **Stella**(스텔라) : 19세. Iago의 하녀이지만 충성심보다는 자신의 이익을 위해 어쩔 수 없이 그를 따른다. 어리숙한 Roderigo에게 항상 핀잔을 주고 궂은일은 모두 그에게 떠맡긴다. Iago 눈에 들어 한 몫 챙기기 위해 발버둥치지만 결국 이용만 당하고 처절하게 죽는다. 큰 키에 마른 체구. 겁이 없고 당돌하다.

- **Roderigo**(로데리고) : 21세. Iago의 또 다른 하인. 맹목적으로 Iago에게 충성을 바친다. 언제나 Stella에게 휘둘리고, 매사에 구박을 당한다. Stella가 Iago에게 죽임당하는 장면을 목격하고, Othello에게 Iago의 계략을 폭로한다. 어리숙하고 실속을 챙길 줄 모르는 악당 같지 않은 악당. 작은 키에 구부정한 자세. 어깨를 축 늘어뜨리고 엉성한 모습으로 다닌다.

Act I : Venice에서는 전쟁을 승리로 이끈 Othello 장군과 Iago 장군을 위한 환영식으로 떠들썩하다. Othello가 총사령관으로 임명된 것에 화가 난 Iago는 Othello와 Desdemona가 남몰래 사랑하는 점을 이용해 복수를 결심한다. 한편, Cassio는 짝사랑하던 Desdemona에게 사랑을 고백을 하지만 거절당한다.

Act II : Othello가 Desdemona에게 사랑의 징표인 오르골을 선물하고 청혼한다. 하지만 이 장면을 Brabantio에게 들키고 만다. 둘의 사랑을 반대하는 아버지 Brabantio를 딸인 Desdemona가 설득하여 허락을 받는다.

Act III : Desdemona가 Emilia와 함께 술래잡기를 하고 있는 틈을 타 Roderigo와 Stella가 오르골을 훔친다. 오르골을 잃어버린 슬픔에 쓰러진 Desdemona를 Cassio가 부축한다. 하지만 이 장면을 목격한 Othello는 Iago의 농간에 Desdemona의 사랑을 의심하게 된다.

Act IV : 차가워진 Othello의 태도에 Desdemona는 당황한 나머지 오르골을 잃어버렸다는 사실을 말하지 못한다. Iago는 오르골을 손에 넣고 Stella가 더 이상 이용 가치가 없음을 느껴 그녀를 죽인다. 이것을 목격한 Roderigo는 Iago에게 팔을 베인 채 도망간다.

Act V : Iago가 Othello에게 Cassio의 선물이라며 오르골을 건넨다. 분노를 참지 못한 Othello는 결국 결혼식장에서 Cassio를 죽이고 Desdemona마저 죽이려고 한다. 이때 Roderigo가 들어와 모든 사실을 말한다. 충격에 휩싸인 Othello는 Desdemona에게 용서를 구한다. 하지만 뒤늦게 나타난 Iago가 Othello를 죽이려 하자 Desdemona가 대신 칼에 맞는다. Othello는 이성을 잃은 채 Iago를 죽이고 슬픔에 잠긴 채 자결한다.

(*Othello* 1막 1장 공연장면)

Act I

(Venice의 광장)

(Brabantio, Desdemona가 기뻐하는 가운데 Roderigo, Emilia, Stella가

전쟁 승리를 축하하는 퍼포먼스를 한다. 이때 Othello, Iago 등장)

Brabantio: (매우 반기며) Oh! The heroes of Venice are coming here! Oh! Generals! Welcome! I heard the news of victory. Without your efforts, Venice might be handed over to the enemy and changed into a sea of blood. I wanna express gratitude for all of you. General Iago! I'll give you a jewel case.

Iago: Thank you . . . Senior.

Brabantio: And general Othello! All the soldiers laud you for your brilliant operation in this combat. I'll appoint you as the supreme commander of Venice in honor of your outstanding achievement in the war.

Othello: (놀라며) No . . . Senior. I am much obliged to your favor but I did only my role as a general of Venice. Please take back your order.

Brabantio: No, accept and follow my order. If you lead my soldier as a supreme commander, the people in Venice can make their happy living without fear. Take the role of a wonderful general of this land, Venice.

Othello: (망설이다가) Then I'll accept and follow your order and I'll do my best effort to defend this Venice from the enemy.

Brabantio: OK. I'll appoint you to the post of supreme commander. Congratulations! General Othello . . . oh, no . . . our supreme commander!

Othello: Much obliged! Senior! I'll devote my life to defend Venice from the enemy. (Iago를 보며) General Iago, in this battle, you gave me a great help for the victory. You did a great job.

Iago: (화가 나 비꼬며) Don't say like that! All the job was done only by you. You are our great general. I only ran about here and there madly without fear of death.

Othello: Hahaha. . . . Nay, you general Iago gave me a great help surely!

Iago: That's excessive compliment for me. I'm so tired now and I shall go and rest, general! Nay . . . our supreme commander, Othello!

Othello: No, general Iago! (Iago를 붙잡으려는 Othello에게 Cassio가 다가선다.)

Cassio: General . . . no . . . supreme commander! Congratulation on your promotion!

Brabantio: Now, let's go to the banqueting hall all together. Let's drink a toast together for this happy day!

(모두 퇴장. Othello와 Desdemona만 남는다. Roderigo, Stella는

술에 취해 무리를 놓쳐 남게 된다.)

Othello: Desdemona! Oh, my beautiful Miss! I've nearly escaped dying to see you!

Desdemona: Me, too. My general!

Othello: When I was going to war, combating with the enemy and returning in triumph, at any moment, I've never forgotten you and your beautiful face.

Desdemona: I also haven't slept deeply from the day when you went to the battle field. Every night I've prayed God that you might return with safe and sound.

Othello: I've run here thinking of you only. Your soft hair, beautiful face, pure voice . . . I couldn't forget. . . . The days in the battle field felt as if they were several decades of years.

Desdemona: Now I can feel relief because you've returned safely like this.

Othello: Don't worry. How can I die leaving you alone. I can vow that I would never leave you alone until I die. Till the end of my life, I will be with you. Now don't worry about anything.

Desdemona: Yes, general. The day when I die is the day when you die and the day when you die will also be the day when I die. The world without you has no meaning to me.

Othello: Oh! My Miss! These pretty lips, beautiful eyes, lovable cheeks. . . . But I'm so sad and my heart is broken because your father doesn't permit our love.

Desdemona: Don't be so sad. Since you've taken the post of supreme commander, my father will understand your mind better than the past. Soon we will be able to get my father's permission.

Othello: Do you really think like that? Ah, it's too late. We should go to the banqueting hall quickly. Desdemona! Can you come to my house tomorrow night?

Desdemona: Yes. Then let's promise to meet at your house tomorrow night.

(Othello, Desdemona 퇴장)

Roderigo: Oh! . . . Stella! Did you hear it?

Stella: Ye . . . yes . . . I heard it clearly. Am I dreaming now?

Roderigo: God damn! (Stella를 감정을 실은 채 힘껏 때린다.)

Stella: (멍하게) It's not a dream. (정신을 차리고는) Eh! Any way, I can't believe it.

Roderigo: How could Othello and Senior's daughter Desdemona love with each other?

Stella: They are never a well-matched couple.

Roderigo: Our general Iago went to the party being greatly angered, but that wicked man Othello are playing with a beautiful woman. Oh, Iago . . . my pitiful general.

Stella: Ah! If we tell general Iago about this fact. . . . OK. That's good idea. Let's inform our general Iago of this jolting fact. (퇴장)

(불 꺼짐)

(Iago의 집)

(Iago 등장)

Iago: (비웃으며) That's a laugh! I'm not a fool to risk my life for this useless stone. Why am I inferior to Othello? Othello! . . . A son of bitch!

(Stella, Roderigo 등장)

Stella, Roderigo: Lord! Lord!

Roderigo: Lord! We saw a terrible jolting scene a moment ago!

Iago: What? What's the jolting scene?

Stella: Maybe . . . Othello and Desdemona love with each other. After the welcome meeting, they promised to meet in secret with each other tomorrow night. We witnessed it clearly.

Iago: What? What are you saying now?

(Stella, Roderigo가 Desdemona와 Othello의 사랑을 흉내 낸다.)

Stella: Oh! My love, Desdemona! My beautiful Miss!

Roderigo: Oh, my general! I've missed you!

Stella: Your pretty lips, beautiful eyes, lovable cheeks!

Roderigo: Me, too. My general. (Roderigo, Stella 키스하는 시늉을 한다.)

Iago: Hang it all! Shit! That's none of my business! (계략이 생각남) . . .

166

That fool of Othello and Senior Brabantio's daughter Desdemona love with each other? (사악하게 웃으며) Hahahaha . . . OK. There is a good idea to dishearten the pert fellow, Othello! Hahahaha . . .

Iago: If Brabantio know this fact, he will not suffer their love.

Iago: Then . . . he will drop Othello from the post of supreme commander . . . then . . . I can get the post of supreme commander. Hahahaha!

Iago: OK. Go . . . go and tell this shocking fact to Senior Branbantio! Quickly!

Stella, Roderigo: Yes . . . yes, Lord.

(Stella, Roderigo 퇴장)

Iago: Othello! A pert fellow! Are you trying to take my post? I'll revenge you! Hahahaha . . .

(불 꺼짐)

(Brabantio의 집)

(Desdemona, Emilia 등장)

Emilia :   Miss! You're getting more and more beautiful day by day.

Desdemona: (웃으며) Oh, no! Emilia! Don't say that kind of jest!

Emilia: Well . . . don't be shy like that! When woman falls in love, she will become beautiful. Possibly . . . are you fallen in love?

(Desdemona, 대답 못 하고 머뭇거린다.)

Emilia: Oh my! Why can't you answer my question? Are you really fallen in love? Tell me . . . please!

Desdemona: In fact . . . I'm falling in love with general Othello.

Emilia: (놀라며) Really? General Othello . . . um. . . . He is the man who led the battle to the victory and he was appointed as a supreme commander of Venice, right? I've felt a little of the nicety.

Desdemona: I love him. I can devote my life for him. General Othello also loves me dearly. Now we meet with each other secretly, but . . . soon my father will comprehend our position better. Then . . . we will ask my father to permit us our marriage.

Emilia: Miss! Don't worry. All will get well.

Desdemona: Thank you. But keep it secret to my father. At present, if my father were to know this fact, he would be angry, because my father also endears me dearly.

Emilia: Of course. I'll keep the secret. Don't worry and believe me.

(Cassio 등장)

Emilia: (깜짝 놀라며) Oh! Sir Cassio is coming here!

Cassio: How are you, Miss?

Desdemona: Oh! Sir Cassio! How are you?

(잠시 정적이 흐른다.)

Emilia: Miss! Would you like to have a cup of tea?

Desdemona: Yes, please.

(Emilia 퇴장)

Desdemona: How have you been? We haven't met since the last welcome meeting for the victory. Congratulation on your victory!

Cassio: Oh, Miss. Thank you.

Desdemona: Oh . . . then . . . you look unwell. Do you have any anxiety?

Cassio: Oh, Miss! In fact, I haven't slept every night. A beautiful woman prevents me from sleeping.

Desdemona: Oh, my pitiful general, Cassio! Who is the woman that obstructs you from sleeping every night? How beautiful is she?

Cassio: She is more beautiful than all the followers in the world.

Desdemona: The woman who is loved by you will really be happy, because you are so great a man as this.

Cassio: Now, I will try to confess my mind to her. Miss! Would you accept my love for you?

Desdemona: (당황하며) What? . . . Oh, general Cassio. Don't say like that! I understand your mind but I can't receive your proposal.

Cassio: Miss! Am I deficient for you?

Desdemona: Never Sir! You're not deficient for me, but I have a man with whom I promised to make my future.

Cassio: Can you tell me who he is?

Desdemona: I can't tell it yet, but soon you will know him. Sorry . . . general Cassio. A woman who is better than me will surely come to you soon. Please retract what you have said. Then . . . I shall leave now.

(불 꺼짐)

(*Othello* 2막 1장 공연장면)

Act II

(Othello의 집)

(Othello 등장해 있는 상태에서 Desdemona 등장)

Desdemona: General Othello!

Othello: (오르골을 보고 있다.)

Desdemona: Sir Othello! What are you doing?

Othello: (오르골을 뒤로 숨기며) Ah, Miss. When did you come here? I came here to meet you. How have you been today?

Desdemona: (시큰둥하게) No . . .

Othello: (걱정하며) Nay . . . did you have any anxiety?

Desdemona: Yes. I couldn't do anything for all day long because I wanna to meet you. General Othello! How long should we bear this uneasy state?

Othello: Oh, my darling! Don't worry. I wish that it got better and I could get your father's mind. But now I've no confidence to stand before your father. Please understand me.

Desdemona: Of course. I can understand you. I know your exertion well. It's enough for me to meet you, take your hand and be with you only for this short time. General Othello! I love you.

Othello: I love you, too. I can't say my true love with any word. My heart is pulsating only for you. When I met you first, it seemed that this world turned into a bright new world. I love you, Desdemona.

(듀엣곡)

Othello: (오르골을 주며) This orgel is a valuable antique that my mother gave me when she was dying. Would you marry me?

Desdemona: Of course, Sir. Thank you. I'll keep this orgel under lock and key.

(Brabantio, Cassio, Iago 등장)

Brabantio: The rumor proved to be true. Oh, my God!

Othello: Senior, sorry . . . but I love Desdemona dearly.

Brabantio: Don't say that! Othello! How dare you abuduct my daughter? I can't forgive you.

Iago: Senior! Take it easy.

Desdemona: Father! I'm sorry. . . . but I can't live only a day without my general Othello.

Brabantio: Desdemona! I've brought you up with my best effort! But now you are making me greatly disappointed. . . . Never show up your face before my eyes.

(Brabantio 퇴장, Iago 퇴장)

Desdemona: Father!

(Othello와 Brabantio 사이에서 갈등하다 결국 아버지를 따라 나간다.)

Othello: Desdemona! Desdemona! Oh, my beautiful Miss!

Cassio: (혼잣말로) Was it general Othello whom Miss Desdemona was falling in love with? (Othello에게 다가서며) Othello, our supreme commander! Are you OK?

Othello: Oh, Cassio.

Cassio: General Othello! Now I got to understand your sincere love for Miss Desdemona. Why didn't you tell the fact to me? If you told the fact to me, I could prevent it.

Othello: Sorry, Cassio. I wanted to tell the fact to you but. . . .

Cassio: Oh, no. my supreme commander. I'm always on your side. (자신의 마음을 애써 추스르며) I want to keep your precious love for my Miss.

(불 꺼짐)

(Brabantio의 집)

(Brabantio 등장)

Brabantio: Ah, I can't believe it. My lovable daughter, Desdemona deluded me and was falling in love with Othello! How could my daughter betray me? Desdemona, my beautiful daughter! How dearly I've brought you up! How . . . how dare you do like this! Oh, my honey, my wife! What can I do now?

(Desdemona 등장)

Desdemona: (흐느끼며 뛰어 들어온다.) Father! Please . . . please allow me to love my general Othello.

Brabantio: What? What are you saying now? Do you want me to allow you to love Othello? You're acting like a child!

Desdemona: No . . . father! We love with each other dearly. Father, why do you hate him? Why do you think he is not suitable for me?

Brabantio: Don't you know the reason why I cannot accept him?

Desdemona: Yes. I don't know the reason. All the people of Venice like him, but only you dislike him. He is really a good and great general.

Brabantio: You're right. Othello is a good and great general but his job isn't suitable for the position of your husband. I can't give my daughter to the man who should live in such a dangerous situation every day.

Desdemona: Father . . . but . . .

Brabantio: It's very difficult to live with love only. Your mother had been married to me with love only but after the marriage your mother had lived with many difficulties.

Desdemona: But father had been happy with my mother I think.

Brabantio: Your mother had wanted you to marry a noble and sincere man before she died. If your mother were to live here now, she would feel very sad.

Desdemona: Sorry father. But I would rather live only one day with general Othello than live with such a noble man as you would choose to me.

Brabantio: Othello is the only man you want to love?

Desdemona: Yes. Othello is the only man I want to love all my life.

Brabantio: Can devote your life to love him?

Desdemona: Yes, I can devote my life for him.

Brabantio: Desdemona! (한숨을 쉬며 딸의 눈물을 닦아준다.) My lovable daughter! I only want you to live happily. You're my proud. I'll believe you and your choice. Live a happy life with Othello. (포옹하며) Oh, my lovable daughter!

Desdemona: I will make a happy life for you, father!

(불 꺼짐)

(*Othello* 3막 1장 공연장면)

Act III

(Venice의 광장)

(Stella, Roderigo 등장)

Stella: How can I find Othello's weaknesses? It seems that our lord Iago doesn't think it difficult as a fishing in the river.

Roderigo: We should find Othello's weaknesses and tell them to our lord Iago. A good idea never happens to my mind.

Stella: Our lord Iago always takes his anger out to us!

Roderigo: Stella! Be careful in your speaking.

Stella: Frankly speaking, we don't have any fault. Othello! A son of bitch!

Roderigo: Hush! Be quiet! Someone is coming here!

(Emilia, Desdemona 등장)

Emilia: Miss! Flowers are in full bloom on your face. Your face are beaming with smiles.

Desdemona: (넋을 잃고 오르골을 바라본다.)

Emilia: Miss! Miss!

Desdemona: (멍하게 있다.)

Emilia: Miss! I'm so angry. Why do you always pay attention only to general Othello and don't give me any attention? That's too bad for me.

Desdemona: Emilia! Don't misunderstand me. Come on! Let's play an interesting game. How about playing a hide-and-seek game?

(오르골을 내려놓는다.)

Emilia: OK, Miss! Today, you should play a tagger's role, OK?

Desdemona: OK! I'll do it.

(Emilia가 천으로 Desdemona의 눈을 가려준다. 그리고 Desdemona 몰래

미소를 지으며 조용히 퇴장한다.)

Desdemona: Emilia! Where are you?

(Roderigo, Stella 등장)

Stella: Oh! What's that? Oh, it's an orgel.

Roderigo: An orgel?

Stella: You fool! If we take the orgel and serve it to our lord, he may bestow us a good reward. Go . . . go and bring that here quickly.

Roderigo: Oh! Well . . .

Stella: Stella! Quickly!

(Desdemona가 Roderigo를 잡는다.)

Desdemona: You are Emilia, right? OK. You must be Emilia!

(Roderigo, 뿌리치고 도망간다.)

(Roderigo, 오르골을 훔쳐온다. 그리고 Roderigo, Stella 퇴장)

(Emilia 등장)

Emilia: Miss! Can't you find me yet?

Desdemona: What are you saying? I must have caught you just now! Let me take off this ribbon. Now you are the tagger.

Emilia: What? I can't understand it. I've been hiding myself.

Desdemona: Was you hiding yourself just now? (Emilia, Desdemona 눈에 가린 것을 풀어준다.) I must have caught someone just now? (두리번거린다.) Then . . . oh! My orgel? Where is it?

Emilia: Well, where is the orgel?

Desdemona: The orgel is my valuable . . . my general Othello gave it to me. . . .

(불 꺼짐)

(Venice의 광장)

(Desdemona가 잃어버린 오르골을 찾고 있다.)

Desdemona: Oh! My orgel! My valuable. Where is it?

(이때 Cassio 등장)

Cassio: How are you Miss?

Desdemona: (놀라고 어색해하며) Oh, Cassio! How are you? Then . . . why are you coming here?

Cassio: In fact, I have a question to ask you.

Desdemona: A question? What's that?

Cassio: Desdemona! I knew the fact that you like general Othello. I would abandon my love for you. Be happy with general Othello.

Desdemona: Thank you Sir Cassio. Would you keep our friendship as the past?

Cassio: (씁쓸해하며) Of course. Congratulation!

Desdemona: Will you come to our wedding ceremony?

Cassio: Yes, I'll.

(Othello, Iago 등장)

Cassio: Well . . . I shall leave now. (인사한다.)

(Desdemona가 인사하고 퇴장하려 하는데 넘어진다. 그런 Desdemona를

Cassio가 부축한다. 퇴장)

Iago: Those are Cassio and Desdemona, right?

Othello: That's right.

Iago: They seem to be very friendly like the rumor! Hahahaha!

Othello: Rumor? Did you hear of the rumor?

Iago: Yes, but . . . don't worry. That's only a groundless rumor.

Othello: Of course. That must be a baseless rumor certainly. But why did the unfounded rumor spread widely like this. Everyone in Venice knows the fact that Miss Desdemona isn't such an unchaste woman.

Iago: But we should not believe her.

Othello: Um . . . general Iago! Be discreet in your words. Let's stop it today.

Iago: (비꼬며) Sorry general! See you!

(Iago 퇴장)

Othello: Oh, my God! Please let me know the truth. Who is the man that Desdemona falls in love with? Is the man Cassio? or Me? What is the truth?

(불 꺼짐)

(*Othello* 4막 1장 공연장면)

Act IV

(Othello의 집)

(Othello 등장해 있는 상태에서 Desdemona 등장)

Desdemona: General Othello!

Othello: Oh! My Miss, Desdemona!

Desdemona: How have you been doing?

Othello: Nothing. Nothing in particular.

Desdemona: Were you thinking of me?

Othello: What? . . . Then . . . what's your business to me?

Desdemona: Oh, my darling! Othello, my general! I have a happy news to tell you.

Othello: (무뚝뚝하게) A happy news? What's that?

Desdemona: At last, my father permitted us to love each other!

Othello: Oh! That's a good news!

Desdemona: General Othello . . . aren't you happy now?

Othello: Well . . . then . . . it's a surprising news to me. What made Senior Brabantio change his mind? He has had an antipathy against our love.

Desdemona: (당황하며) What? What are you saying now? I told my father our sincere love honestly. The power of our love could lead my father to change his mind.

Othello: (비웃으며) Is our love really sincere and honest so much?

Desdemona: What? What are you saying now?

Othello: Nothing serious! Desdemona! Today, I'm feeling a little headache. Let's talk about it later.

Desdemona: Are you feel unwell now? Can I call the doctor?

Othello: No, don't do it. It's not necessary for you to call me a doctor.

Desdemona: How about going to meet the doctor? You really look pale!

(Othello의 이마를 짚어본다.)

Othello: (뿌리치며) Desdemona! I shall go right now.

(Othello 퇴장)

Desdemona: Why is general Othello doing like that? Today, I would like to tell the truth and to ask his forgiveness. But . . . his look of worry discourages me from doing it. He may not have heard that I lost my orgel, yet. Oh, then . . . why can't I free my mind from anxiety? Oh, God! Please keep me from meeting any unlucky accident.

(불 꺼짐)

(Iago의 집)

(Iago 등장)

Iago: Othello! At last, you fell into my snare. Now, Othello may have given up his love for Desdemona. But . . . it's too early for me to feel at easy. I should strike a decisive blow against their love. . . .

(Stella 등장)

Stella: Lord! lord!

Iago: A foolish fellow! Where have you been?

Stella: No . . . lord! I've taken a terribly shocking thing!

Iago: A terribly shocking thing? What's that?

Stella: This is that. Lord. (오르골을 내민다.) This is the antique that Othello's mother gave him. Othello gave this orgel to Desdemona as a token of his love for her.

Iago: What? Is it true? Well . . . then . . . how could you take it?

Stella: We stole it while Desdemona and Emilia were playing a hide and seek game.

Iago: Oh! My pet fellow! You did a good job for the first time after a long time. This is the reason why I've bred you dearly up to now! Hahahaha!

Iago: You've done a fine job! Stella! Then . . . now . . . I'll emancipate you!

(Roderigo 등장)

Stella: Really? Thank you, lord. Much obliged, general!

Iago: Don't say like that! You need not to say "Thank you." Good bye, Stella! (Stella를 죽인다.)

Roderigo: Lo . . . lord!

Iago: Oh! Roderigo! If you didn't see this scene, you might live for one minute more. Oh! pitiful fellow!

Roderigo: You . . . you killed Stella!

Iago: No . . . I only set her free. Didn't you hear what this fellow said to me before she died?

Roderigo: Oh . . . no!

Iago: Hahahaha! She said to me, "Thank you." This fellow died saying to me "Thank you." Now I will also emancipate you.

Roderigo: Iago! You're a rascal!

(Roderigo 도망치다가 Iago에게 다리를 베이지만, 다친 다리를 부여잡고는 퇴장한다.)

Iago: Foolish fellow! Stop . . . stop there! Oh, well . . . I will go to Othello and show him this orgel. Oh, pitiful Othello! You lost all of the two, love and trust. Maybe, you may be demented very much now. Hahahaha!

(불 꺼짐)

(*Othello* 5막 1장 공연장면)

Act V

(결혼식장의 신랑 대기실)

(Othello 먼저 등장해 있는 상태에서 Iago 등장)

Iago: Othello! Our supreme commander! Congratulation on your marriage! This tuxedo becomes you well.

Othello: General Iago! Thank you for coming.

Iago: Well . . . in this happy day, do you have any anxiety? You're wearing a look of worry.

Othello: Hahahaha! I haven't any anxiety. Today is my wedding day. (씁쓸한 웃음을 지으며) As you know from my look, I am very happy now. You need not worry for me.

Iago: The wedding ceremony will begin soon. (비꼬는 듯이) The love between you and Desdemona seems to be very very beautiful. I'll pray for your faithful love. Have a happy life with each other forever!

Othello: Hahahaha! Thank you. You're my best friend!

Iago: Oh! . . . Well . . . Cassio, the aide, asked me to deliver this wedding present to you. Unpack the package present quickly!

Othello: (선물을 뜯어서 꺼내 보고는 놀란다.)

Iago: Oh, this is a wonderful orgel! The aide, Cassio has an eye for choosing good present. This orgel is a good present which can make good sounds. Hahahaha!.

Othello: (놀라다가 이내 다시 딱딱하게 굳어지며) Is this really the present which Cassio gave me?

Iago: Yes. . . . (비아냥거리며) The aide, Cassio said that he was sorry for you because he could not deliver it personally. This present looks great for you. Then you look so pale. Why?

Othello: (어이없는 웃음) Haha! Nothing! I've no problem. (오르골을 꽉 쥐고는) The sound is very good! (비아냥거리며) Say "Thank you." to Cassio. Only looking at it might be enough for me to break it into pieces.

Iago: Yes, my supreme commander. I'll deliver your message surely. See you!

(Iago 퇴장)

Othello: (화를 주체하지 못하며) Cassio! Are you trying to delude me? Now, Desdemona isn't my love any more! Oh, God! I can't see her clean eyes and bright smiles any more. I can't love her any more. Desdemona . . . Desdemona . . . (섬뜩한 눈빛으로) I've loved you dearly . . . but . . . how could you betray me? Now, I will not love you any more. (분노하며) Desdemona! I'll send you to the hell at your happiest moment!

(불 꺼짐)

(결혼식장)

(불 켜짐)

(모두들 Othello와 Desdemona의 결혼식에 모여 그들을 축복해 주고, 그들 앞에 선 Othello와

Desdemona는 주례자의 주례에 따라 사랑의 맹세를 하려고 한다.)

주례자: Now, we are going to bless these two young man and woman with their happy marriage. If there is anyone who wants to claim opposition for this marriage, go out from this place. Desdemona! Will you trust in Othello and love him all your life?

Desdemona: Yes, I will do it.

주례자: Othello! Will you trust in Desdemona and love her all your life?

Othello: (미친 듯이 크게 웃으며) Should I believe in her and love her all my life? Then . . . should I love another lover of hers? (비웃음) Trust in and love her all my life? Never! I can't love that unchaste woman!

Brabantio: Oh . . . Othello! What are you saying now?

Othello: I can't love that kind of woman who has such an unmoral and dirty sense of virtue.

Desdemona: Oh, general Othello! I don't know the reason why you are saying that kind of words. It's you only that I trustly love.

Othello: What? Love? (Desdemona의 뺨을 때리며) Shut your mouth!

Brabantio: Oh! How dare you do! . . . (쓰러진다.)

Emilia: Oh, lord! (당황하며) Lord, are you OK? Help me, help me please!

(Emilia와 주례자가 Brabantio를 부축하며 퇴장)

Othello: All the other people except you and me are not here now.

Desdemona: (울먹이며) General Othello! Are you really the man whom I've loved faithfully up to now?

Othello: (비꼬며) Haha! Are you trying to defense yourself for your unchaste act? I saw your unchaste act with my eyes clearly! How could you fall in love with Cassio!

Cassio: What? What are you saying? That's misunderstanding.

Othello: Cassio! You are revealing your true appearance at last.

Cassio: Stop . . . stop it. Supreme commander! Why are you acting like this? Miss Desdemona loves you only!

Othello: Why? Are you feeling a pity for your love, Desdemona?

Cassio: Oh, no! My supreme commander! You've always been a reasonable person. Desdemona is the only woman whom you should trust!

Othello: Don't try to persuade me! Are you trying to teach me a lesson now? (Cassio의 멱살을 잡는다.)

Desdemona: (Othello를 말리며) General Othello! Stop! Please stop it!

Othello: Driectly stop playing a love game with me? (Desdemona를 뿌리치고 칼을 뽑아든다.) That useless love game! Do it in the heaven! Cassio! I'll send you first to the heaven. (칼로 찌른다.)

Cassio: No . . . supreme commander! (Othello의 칼에 찔린다.) That's your misunderstanding. (쓰러진다.)

Desdemona: Stop! Stop it please! You know the fact I love you more sincerely than me. Why are you demented like this? What made you be changed like this?

Othello: Did you ask me why I were demented? (비웃으며) Ha! It's you that made me demented like this! (Othello, Desdemona의 목을 조른다.) It will not be a lonely way that you shall go to the heaven. Desdemona, is it right?

(Roderigo 등장)

Roderigo: (급하게 뛰어오며) General! General Othello! Oh! How could you! Ah! It's too late.

(Othello, Desdemona를 내팽개친다.)

Othello: Roderigo! What's the matter?

Roderigo: Iago! . . . That wicked man, Iago laid a conspiracy to take down you from the post of supreme commander.

Othello: What? What are you saying now?

Roderigo: In fact, it's me who made the false rumor that Sir Cassio and Miss Desdemona love with each other. And I pilfered the orgel which you had presented Desdemona as a token of love. All

194

of these are Iago's conspiracy.

Othello: Oh, no! . . . That's impossible! Well . . . did I fall into Iago's trap? That's impossible! Oh, no! All of these are Iago's wicked plot? . . . Oh, my darling Desdemona! I'm so sorry. Forgive me.

Desdemona: (Othello를 뒤에서 감싸 안으며) General Othello! I'm OK. Don't be distressed!

Othello: (Desdemona를 바라보며) Sorry, Desdemona! All is my fault.

Desdemona: No . . . General Othello! (Othello와 Desdemona가 포옹한다.) You are my only lover. I love you.

Othello: Oh, my beautiful love! Desdemona, I love you. (Desdemona에게 키스)

(Iago 등장)

(Roderigo, 깜짝 놀라며 뒷걸음친다.)

Iago: Oh! Roderigo! Did you betray me? OK! Then I'll make an end of this game by myself.

(Iago가 Othello를 등 뒤에서 찌르려고 하자 그걸 본 Desdemona가

Othello를 대신해 칼을 맞는다.)

Othello: Oh, no!

(Desdemona가 쓰러진다. 놀란 Othello가 Iago에게 다가가 그를 죽인다.

그러고는 Desdemona에게 다가간다.)

Othello: Desdemona, Desdemona! I'm sorry. I made a great mistake. I've never expected this terrible result. Oh, my love, Desdemona.

I love you dearly.

Desdemona: I love you dearly, too. If I were to be born again, I would love you only. (Desdemona는 숨을 거두고, Othello는 Desdemona를 부둥켜안고 울부짖는다.)

Othello: Desdemona! Remember that you presented a man with beautiful and happy life. One day I said to you, "The world without you have no meaning for me." I am remembering the promise that I made with you now. I'll keep the promise. I'll be with you in the heaven. Desdemona! I'm so sorry . . . and I . . . love . . . you!

(Desdemona에게 마지막 입맞춤을 한 후 칼로 자결한다.)

(불 꺼짐)

– The End –

Othello
TRANSLATION
SCRIPT

Act I

(Venice의 광장)

(Brabantio, Desdemona가 기뻐하는 가운데 Roderigo, Emilia, Stella가
전쟁 승리를 축하하는 퍼포먼스를 한다. 이때 Othello, Iago 등장)

Brabantio: (매우 반기며) 오! 저기 Venice의 영웅들이 오는군! 오! 장군들! 잘 오시오! 나도 승리의 소식을 들었소. 그대들의 노력이 없었다면 Venice는 적의 손아귀에 넘어가서 피바다로 변했을 것이오. 그대들 모두에게 감사를 표하고 싶소. Iago 장군! 나 그대에게 보석상자를 선물하겠소.

Iago: 감사합니다 . . . 전하!

Brabantio: 그리고 Othello 장군! 모든 군사들이 그대의 군사작전의 우수성을 칭송하고 있소. 이번 전쟁에서의 그대의 뛰어난 공적을 기려 그대를 Venice의 총사령관에 임명하고자 하오.

Othello: (놀라며) 아닙니다 . . . 전하. 전하의 호의가 감사하지만 제가 한 일은 Venice의 장군으로서의 임무일 뿐입니다. 명을 거두어 주시옵소서.

Brabantio: 아닐세. 나의 청을 들어주게. 그대가 총사령관이 되어 나의 군대를 지휘한다면 Venice의 백성들은 공포없는 행복한 삶을 살 수 있을 거야. 이 나라 Venice의 훌륭한 장군이 되어주게.

Othello: (망설이다가) 정 그러시다면 명을 수용하고 따라서 이 Venice를 적으로부터 지키기 위해 최선을 다하겠습니다.

Brabantio: 좋소. 내 그대를 총사령관에 임명하오. 축하하오! Othello 장군 . . . 아, 아니 . . . 총
사령관!

Othello: 감사합니다! 전하! 저는 Venice를 적으로부터 지키기 위해 저의 생명을 바치겠사옵
니다. (Iago를 보며) Iago 장군, 이번 전쟁에서 장군은 승리를 위해 나에게 큰 도움
을 주었소. 장군은 위대한 일을 완수했소.

Iago: (화가 나 비꼬며) 그런 말씀 마십시오. 모든 일은 장군님의 공적입니다. 장군님은 정
말 위대하신 우리의 장군님입니다. 저는 죽음을 무릅쓰고 미칠 정도로 이리저리 뛰
어다닌 것 뿐입니다.

Othello: 하하하 . . . 아니오, Iago 장군은 나에게 정말로 큰 도움이 되었소!

Iago: 그것은 지나친 칭찬입니다. 저는 지금 너무 피곤해서 가서 쉬어야 겠습니다, 장군님!
아니 우리의 총사령관 Othello 장군님!

Othello: 아니, Iago 장군! (Iago를 붙잡으려는 Othello에게 Cassio가 다가선다.)

Cassio: 장군님 . . . 아니 . . . 총사령관님! 장군님의 승진을 축하드립니다!

Brabantio: 이제, 모두 함께 연회장으로 갑시다. 이 행복한 날을 위해 축배를 듭시다!

(모두 퇴장. Othello와 Desdemona만 남고, Roderigo, Stella는
술에 취해 무리를 놓쳐 남게 된다.)

Othello: Desdemona! 오, 나의 아름다운 여인! 당신이 그리워서 죽는 줄 알았소.

Desdemona: 저두요. 장군님!

Othello: 내가 전장에 나갈 때, 적과 싸울 때와 승리의 귀환을 할 때, 그 어느 때에도 나는 당신
과 당신의 아름다운 얼굴을 결코 잊은 적이 없소.

Desdemona: 저도 역시 당신이 전장에 나간 후에 깊은 잠을 잔 적이 없어요. 매일 밤 당신이 안전
하고 건강하게 돌아오시길 기도했어요.

Othello: 나는 당신만을 생각하며 이리로 달려왔소. 당신의 부드러운 머릿결, 아름다운 얼굴,
순수한 목소리 . . . 나는 잊을 수 없었소 . . . 전쟁터에 있던 그날들은 마치 수십 년처
럼 느껴졌소.

Desdemona: 이제 저는 당신이 이렇게 안전하게 돌아왔기에 평안함을 느낄 수 있어요.

Othello: 걱정 마세요. 어떻게 내가 그대를 홀로 두고 죽을 수 있겠소. 나는 맹세할 수 있소. 내가 죽을 때까지 결코 당신을 홀로 남겨두지 않겠노라고. 나의 생의 마지막까지 나는 당신과 함께할 것이오. 이제 그 어떤 것에 대해서도 걱정 하지 말아요.

Desdemona: 예, 장군님. 내가 죽는 그날이 당신이 죽는 날이 될 것이고 또한 당신이 죽는 그날이 내가 죽는 날이 될 것입니다. 당신이 없는 세상은 나에게는 의미가 없습니다.

Othello: 오! 나의 미스! 이 아름다운 입술, 아름다운 눈동자, 매력적인 볼 . . . 하지만 나는 당신의 아버지가 우리의 사랑을 허락하지 않아서 너무 슬프오.

Desdemona: 너무 슬퍼하지 마세요. 이제 당신이 총사령관이 되셨기 때문에 아버지께서도 당신의 마음을 과거보다 더 잘 이해하실 거예요. 우리는 곧 아버지의 허락을 받을 수 있을 거예요.

Othello: 당신 정말 그렇게 생각하시오? 아, 시간이 너무 늦었어요. 우리 속히 연회장으로 가야 하오. Desdemona! 내일 밤 우리집으로 오실 수 있어요?

Desdemona: 예. 그럼 내일 밤 당신의 집에서 만나기로 약속해요.

(Othello, Desdemona 퇴장)

Roderigo: 오! . . . Stella! 너 들었어?

Stella: 예 . . . 예 . . . 확실히 듣고 있어. 제가 꿈을 꾸고 있나요?

Roderigo: 뭐라고! (Stella를 감정을 실은 채 힘껏 때린다.)

Stella: (멍하게) 꿈이 아니구나. (정신을 차리고는) 어! 어쨌든, 나는 믿을 수 없어.

Roderigo: 어떻게 Othello 장군님이 영주님의 딸 Desdemona와 사랑을 나눌 수 있단 말인가?

Stella: 그들은 결코 어울리는 커플이 될 수 없어.

Roderigo: 우리 Iago 장군님이 아주 화가 난 채로 파티에 오셨어. 하지만 그 사악한 Othello는 한 아름다운 여인과 놀고 있고. 오, Iago 님 . . . 우리 불쌍한 장군님 . . .

Stella: 오! 우리가 Iago 장군님께 이 사실을 이야기하면 . . . 좋아, 그거 좋은 생각이다. 우리 Iago 장군님께 이 충격적인 사실을 알리자. (퇴장)

(불 꺼짐)

(Iago의 집)

(Iago 등장)

Iago: (비웃으며) 그것 참 우스운 일이군! 내가 이 쓸모없는 돌멩이 하나에 내 생명을 걸 바 보는 아니지. 내가 왜 Othello보다 못하단 말인가? Othello! . . . 나쁜 자식!

(Stella, Roderigo 등장)

Stella, Roderigo: 나리! 나리!

Roderigo: 나리! 우리는 조금 전에 충격적인 장면을 목격했어요!

Iago: 뭐? 무슨 일이야?

Stella: 아마도 . . . Othello와 Desdemona가 서로 사랑하는 사이인 것 같아요. 환영 만찬 이 있은 후 그들은 내일 밤 몰래 만나기로 했어요. 우리가 그것을 확실히 봤어요.

Iago: 뭐? 너 지금 뭐라고 말하고 있는 거야?

(Stella, Roderigo가 Desdemona와 Othello의 사랑을 흉내 낸다.)

Stella: 오! 나의 사랑, Desdemona! 나의 아름다운 미스!

Roderigo: 오, 장군님! 나는 당신이 그리웠어요!

Stella: 그대의 사랑스러운 입술, 아름다운 눈동자, 매력적인 뺨!

Roderigo: 저두요. 장군님. (Roderigo, Stella 키스하는 시늉을 한다.)

Iago: 제기랄! 그것은 내 일이 아니야! (계략이 생각남) . . . 그 바보 같은 Othello와 Brabantio 경의 딸 Desdemona가 사랑을 한다고? (사악하게 웃으며) 하하하 . . . 좋아. 그 건방진 Othello 녀석의 기를 꺾을 계략이 있어! 하하하 . . .

Iago: Brabantio 경이 이 사실을 알면 그들의 사랑을 참아주지 않을 거야.

Iago: 그러면 . . . 그 Othello를 총사령관 자리에서 해고하고 . . . 그러면 . . . 내가 총사령 관 자리를 차지할 수 있을 거야. 하하하하!

Iago: 좋아. 가자 . . . 가서 이 충격적인 사실을 Branbantio 전하께 알리자! 빨리 가자!

Stella, Roderigo: 예! . . . 예, 주인님.

(Stella, Roderigo 퇴장)

Iago: Othello! 건방진 자식! 너가 내 자리를 차지하려고 해? 내 너에게 복수하고야 만다! 하하하하 . . .

(불 꺼짐)

Scene —— iii

(Brabantio의 집)

(Desdemona, Emilia 등장)

Emilia: 아가씨! 아가씨는 매일 매일 점점 더 예뻐지고 있어요.

Desdemona: (웃으며) 아니에요! Emilia! 그런 농담 마세요!

Emilia: 음 . . . 그렇게 부끄러워하지 마세요! 여인이 사랑에 빠질 때 아름다워지는 법이거든 요. 아마도 . . . 아가씨가 사랑에 빠진 것 같은데요?

(Desdemona, 대답 못 하고 머뭇거린다.)

Emilia: 오! 왜 대답을 못 하세요? 정말로 사랑에 빠진 것 맞죠? 제게 말해주세요 . . . 제발!

Desdemona: 사실은 . . . 저는 Othello 장군님과 사귀고 있어요.

Emilia: (놀라며) 정말요? Othello 장군 . . . 음 . . . 그분은 전쟁을 승리로 이끌었던 사람이 고 Venice 총사령관으로 임명된 사람 맞죠? 제가 그런 낌새를 조금 느꼈죠.

Desdemona: 저는 그분을 사랑해요. 내 생명도 바칠 수 있어요. Othello 장군님 또한 저를 극진히 사랑해요. 지금은 우리가 몰래 만나지만 그러나 . . . 곧 아버지께서 우리의 입장을 더 잘 이해해 주실 거예요. 그러면 . . . 우리는 아버지께 결혼 승락을 요청할 거예요.

Emilia:	아가씨! 걱정 마세요. 모두가 잘될 거예요.
Desdemona:	감사합니다. 하지만 아버지께는 비밀로 해주세요. 지금으로서는 아버지께서 이 사실을 아신다면 화를 내실 거예요. 왜냐하면 아버지께서는 저를 진정으로 아끼고 계시기 때문이에요.
Emilia:	물론이죠. 비밀은 지킬게요. 걱정 말고 저를 믿으세요.

(Cassio 등장)

Emilia:	(깜짝 놀라며) 오! Cassio 장군님께서 이리로 오십니다!
Cassio:	안녕하세요, 아가씨?
Desdemona:	오! Cassio 장군님! 안녕하세요?

(잠시 정적이 흐른다.)

Emilia:	아가씨! 차 한잔 드릴까요?
Desdemona:	네, 부탁해요.

(Emilia 퇴장)

Desdemona:	그동안 어떻게 지내셨어요? 우리는 지난 귀환 환영회 이후로 뵙지 못했네요. 장군님의 승리를 축하드려요!
Cassio:	오, 아가씨. 고마워요.
Desdemona:	오 . . . 그런데 . . . 표정이 안 좋아 보이네요. 무슨 걱정이라도 있어요?
Cassio:	오, 아가씨! 사실은, 저 매일 밤 잠을 못 이루고 있어요. 한 아름다운 여인이 나의 수면을 막고 있기 때문입니다.
Desdemona:	오, 가엾은 Cassio 장군님! 매일 밤 당신을 잠 못 들게 하는 그 여인이 누구세요? 그녀가 얼마나 아름답죠?
Cassio:	그녀는 이 세상의 모든 꽃들보다도 더 예뻐요.
Desdemona:	당신의 사랑을 받는 그 여인은 정말로 행복하겠어요. 왜냐하면 당신은 이토록 위대한 분이시기 때문이에요.
Cassio:	이제, 제가 내 마음을 그녀에게 고백하려 하오. 아가씨! 당신에 대한 나의 사랑을 받아주시겠습니까?

Desdemona: (당황하며) 뭐라고요? . . . 오, Cassio 장군님. 그런 말씀 마세요! 저는 당신의 마음을 이해는 하지만 그 제안을 받아들일 수는 없어요.

Cassio: 아가씨! 제게 부족한 점이라도 있는지요?

Desdemona: 전혀요 장군님! 당신은 부족하지 않아요. 하지만 제게는 장래를 약속한 분이 계셔요.

Cassio: 그분이 누구신지 말해주실 수 있어요?

Desdemona: 아직은 말할 수 없어요. 하지만 곧 알게 될 거예요. 죄송해요 . . . Cassio 장군님. 나보다 더 좋은 여인이 장군님께 곧 나타날 거예요. 제발 하신 말씀을 취소해 주세요. 그럼 . . . 이만 가보겠습니다.

(불 꺼짐)

Act II

(Othello의 집)

(Othello 등장해 있는 상태에서 Desdemona 등장)

Desdemona: Othello 장군님!

Othello: (오르골을 보고 있다.)

Desdemona: Othello 장군님! 지금 뭘 하고 계셔요?

Othello: (오르골을 뒤로 숨기며) 아, 아가씨. 당신 언제 여기에 오셨어요? 저는 당신을 만나러 왔어요. 오늘 하루 어떠셨나요?

Desdemona: (시큰둥하게) 아니요 . . .

Othello: (걱정하며) 아니 . . . 무슨 어려움이라도 있으세요?

Desdemona: 예. 저는 하루 종일 당신이 보고 싶어 아무것도 할 수 없었어요. Othello 장군님! 얼마나 오랫동안 이렇게 불편한 상태를 참아야 합니까?

Othello: 오, 내 사랑! 걱정 마세요. 상황이 나아져서 당신 아버지의 마음을 얻을 수 있기를 바라요. 하지만 지금 나는 당신 아버지 앞에 설 자신이 없어요. 나를 이해해 주시오.

Desdemona: 물론이죠. 저는 당신을 이해할 수 있어요. 저는 당신의 노력을 잘 알고 있어요. 저에겐 당신을 만나는 것과 이 짧은 시간 당신의 손을 잡고 함께 있는 것만으로 충분해요. Othello 장군님! 사랑해요.

Othello: 나도 사랑해요. 그 어떤 말로도 나의 진실된 사랑을 다 말할 수 없소. 나의 가슴은 당신만을 향해서 뛰고 있소. 내가 그대를 처음 만났을 때, 이 세상이 밝은 신천지로 바뀐 것 같았소. 사랑해요, Desdemona.

(듀엣곡)

Othello: (오르골을 주며) 이 오르골은 가치 있는 골동품으로 우리 어머니께서 돌아가실 때 내게 주셨소. 저와 결혼해 주시겠소?

Desdemona: 물론이죠, 장군님. 감사해요. 저는 이 오르골을 소중히 보관하겠습니다.

(Brabantio, Cassio, Iago 등장)

Brabantio: 그 소문이 사실이었구나. 오 맙소사!

Othello: 의원님, 죄송합니다만 . . . 저는 Desdemona를 정말로 사랑합니다.

Brabantio: 그런 말 하지 마라! Othello! 어떻게 감히 내 딸을 유괴해. 나는 너를 용서할 수 없어.

Iago: 의원님! 진정하세요.

Desdemona: 아버지! 죄송합니다 . . . 하지만 저는 Othello 장군님 없이는 단 하루도 살 수 없어요.

Brabantio: Desdemona! 나는 너를 나의 최선의 노력으로 키워 왔다! 그러나 이제 너는 나를 크게 실망시키는구나 . . . 다시는 내 눈 앞에 나타나지 마라.

(Brabantio 퇴장, Iago 퇴장)

Desdemona: 아버지!

(Othello와 Brabantio 사이에서 갈등하다 결국 아버지를 따라 나간다.)

Othello: Desdemona! Desdemona! 오 나의 아름다운 여인!

Cassio: (혼잣말로) Desdemona가 사랑에 빠졌던 사람이 Othello 장군이었어? (Othello에게 다가서며) Othello, 우리의 총사령관님! 괜찮으세요?

Othello: 오, Cassio.

Cassio: Othello 장군님! 이제 저는 Desdemona에 대한 당신의 진정한 사랑을 알게 되었어요. 왜 저에게 사실을 말씀해 주시지 않으셨어요. 저에게 사실을 말씀해 주셨더라면, 제가 사태를 방지할 수 있었을 텐데 말입니다.

Othello: 미안하네, Cassio. 나는 너에게 진실을 말하려고 했지만 . . .

206

Cassio: 오, 아니에요 총사령관님. 저는 항상 장군님 편입니다. (자신의 마음을 애써 추스르며) 저는 장군님이 항상 아가씨에 대한 소중한 사랑을 지켜나가시길 바라요.

(불 꺼짐)

Scene —— ii

(Brabantio의 집)

(Brabantio 등장)

Brabantio: 아, 나는 믿을 수 없어. 내 사랑하는 딸 Desdemona가 나를 기만하고 Othello와 사랑에 빠지다니! 어떻게 내 딸이 나를 배신할 수 있어? 내 예쁜 딸 Desdemona야! 내가 너를 얼마나 소중히 키웠는데! 어떻게 . . . 어떻게 너가 감히 이럴 수 있어! 오, 여보! 지금 어떻게 해야 하오?

(Desdemona 등장)

Desdemona: (흐느끼며 뛰어 들어온다.) 아버지! 제발 . . . 제발 저에게 Othello 장군과 결혼을 허락해 주세요.

Brabantio: 뭐? 너 지금 뭐라고 말하는 거야? 나보고 Othello와의 사랑을 허락해 주기를 원해? 너는 지금 어린애같이 행동하고 있어!

Desdemona: 아니에요 . . . 아버지! 우리는 서로 진정으로 사랑하고 있어요. 아버지, 왜 그이를 미워하세요? 왜 그이가 제게 적합하지 않다고 생각하세요?

Brabantio: 너 내가 그 사람을 왜 받아들일 수 없는지 모르겠느냐?

Desdemona: 네. 그 이유를 모르겠어요. Venice의 모든 사람이 그를 좋아하는데 아버지만이 그를 싫어하세요. 그분은 정말로 선하고 위대한 장군이에요.

Brabantio: 네 말이 맞다. Othello는 착하고 위대한 장군이긴 하지만 그의 직업이 내 딸의 남편으로서는 적합하지 않다. 나는 내 딸을 매일 매일 그런 위험한 상황에서 살아가야 하는 사람에게 줄 수는 없다.

Desdemona: 아버지 . . . 하지만 . . .

Brabantio: 사랑만으로 살아가는 것은 어려운 법이다. 너의 어머니도 오직 사랑만으로 나와 결혼을 했다. 하지만 우리가 결혼한 후에 너의 어머니는 많은 어려움을 겪었다.

Desdemona: 하지만 아버지는 어머니와 행복하셨다고 생각해요.

Brabantio: 너의 어머니는 살아생전에 너가 정직하고 신실한 사람과 결혼하기를 바랐다. 만약 너의 어머니가 지금 여기 살아있다면 매우 매우 슬퍼할 거다.

Desdemona: 죄송합니다 아버지. 하지만 저는 아버지가 선택해주시는 귀족과 사는 것보다 단 하루라도 Othello 장군과 살고 싶어요.

Brabantio: Othello가 너가 사랑하길 원하는 유일한 사람이냐?

Desdemona: 예. Othello 장군님은 제가 평생동안 사랑하길 원하는 유일한 사람이에요.

Brabantio: 그를 사랑하기 위해서 생명도 바칠 수 있니?

Desdemona: 네, 저는 그분을 위해 내 생명도 바칠 수 있어요.

Brabantio: Desdemona! (한숨을 쉬며 딸의 눈물을 닦아준다.) 내 사랑하는 딸아! 나는 오직 너가 행복하게 살기를 바랄 뿐이다. 너는 나의 자존심이다. 내가 너와 너의 선택을 믿도록 하마. Othello와 행복한 삶을 살아라. (포옹하며) 오, 내 사랑스러운 딸아!

Desmona: 아버지를 위해서 행복하게 살게요, 아버지!

(불 꺼짐)

Act III

(Venice의 광장)

(Stella, Roderigo 등장)

Stella: 어떻게 하면 Othello 장군의 결점들을 찾을 수 있을까? 우리의 Iago 장군님은 그것을 강에서 낚시하듯이 어렵지 않게 보고 계셔.

Roderigo: 우리는 Othello 장군의 결점들을 찾아야 해. 그리고 그것을 Iago 장군님께 알려드려야 해. 좋은 생각이 결코 떠오르지 않는군.

Stella: 우리 Iago 장군님은 항상 우리에게만 화를 내고 계셔!

Roderigo: Stella! 너 말조심해.

Stella: 솔직히 말해서, 우리는 결점이 없어. Othello! 나쁜 자식!

Roderigo: 쉿! 조용해! 누군가 이리 오고 있어!

(Emilia, Desdemona 등장)

Emilia: 아가씨! 아가씨 얼굴에 꽃이 피었어요. 아가씨 얼굴이 미소로 광선을 발하고 있어요.

Desdemona: (넋을 잃고 오르골을 바라본다.)

Emilia: 아가씨! 아가씨!

Desdemona: (멍하게 있다.)

Emilia: 아가씨, 저는 너무 화가 나요. 왜 아가씨는 Othello 장군에게만 관심을 가지고 저에게는 그 어떤 관심도 주지 않나요? 그것이 제게는 너무 유감이에요.

Desdemona: Emilia! 오해하지 말어. 이리 와! 우리 재미나는 게임이나 하자. 숨바꼭질 놀이 하는 것이 어때?

(오르골을 내려놓는다.)

Emilia: 좋아요, 아가씨! 오늘은, 아가씨가 술래가 되세요. 아셨죠?

Desdemona: 좋아! 그렇게 할게.

(Emilia가 천으로 Desdemona의 눈을 가려준다. 그리고 Desdemona 몰래
미소를 지으며 조용히 퇴장한다.)

Desdemona: Emilia! 어디 있니?

(Roderigo, Stella 등장)

Stella: 오! 저게 뭐야? 오, 이건 오르골인데.

Roderigo: 오르골이라고?

Stella: 바보! 우리가 이 오르골을 가져가서 영주님께 드리면 큰 상을 내리실 거야. 가자 . . . 가서 그것을 빨리 가져오자.

Roderigo: 오! 그런데 . . .

Stella: Roderigo! 빨리!

(Desdemona가 Roderigo를 잡는다.)

Desdemona: 너 Emilia, 맞지? 맞아. 너는 틀림없이 Emilia야!

(Roderigo, 뿌리치고 도망간다.)

(Roderigo, 오르골을 훔쳐온다. 그리고 Roderigo, Stella 퇴장)

(Emilia 등장)

Emilia: 아가씨! 저를 아직 못 찾겠어요?

Desdemona: 무슨 소리야? 내가 조금 전에 틀림없이 너를 잡았는데! 나 이 리본을 벗을게. 이제 너가 술래야.

Emilia: 뭐라고요? 저는 이해할 수 없어요. 저는 숨어 있었거든요.

Desdemona: 조금 전에 숨어 있었다고? (Emilia, Desdemona 눈에 가린 것을 풀어준다.) 내가 조금 전에 누군가를 틀림없이 잡았는데? (두리번거린다.) 그런데 . . . 오! 나의 오르골? 오르골 어디에 있지?

Emilia: 음, 오르골이 어디에 있지?

Desdemona: 그 오르골은 나의 소중한 . . . Othello 장군님이 나에게 준 것인데 . . .

(불 꺼짐)

Scene —— ii

(Venice의 광장)

(Desdemona가 잃어버린 오르골을 찾고 있다.)

Desdemona: 오! 나의 오르골! 나의 소중한 물건. 어디에 있지?

(이때 Cassio 등장)

Cassio: 안녕하세요, 아가씨?

Desdemona: (놀라고 어색해하며) 오, Cassio! 안녕하세요? 그런데 . . . 왜 여기 오셨어요?

Cassio: 사실은, 아가씨께 드릴 질문이 있어요.

Desdemona: 질문요? 그게 뭔데요?

Cassio: Desdemona 아가씨! 저는 아가씨가 Othello 장군을 사랑한다는 사실을 알아요.

그래서 저는 당신에 대한 사랑을 포기하려고 해요. Othello 장군님과 행복하세요.

Desdemona: 감사합니다. Cassio 님. 과거처럼 우정은 계속 지켜나가실 거죠?

Cassio: (씁쓸해하며) 물론입니다. 축하합니다!

Desdemona: 우리 결혼식에 오실 거죠?

Cassio: 네, 그렇게 하겠습니다.

(Othello, Iago 등장)

Cassio: 그럼 . . . 이제 가보겠습니다. (인사한다.)

(Desdemona가 인사하고 퇴장하려 하는데 넘어진다. 그런 Desdemona를
Cassio가 부축한다. 퇴장)

Iago: 저분들이 Cassio와 Desdemona 맞죠?

Othello: 맞소.

Iago: 그들은 소문에서 들은 것처럼 아주 친한 것 같아요! 하하하하!

Othello: 소문이라고? 자네 그 소문 들었어?

Iago: 예, 하지만 . . . 걱정 마세요. 그것은 단지 근거 없는 소문이니까요.

Othello: 물론이죠. 그것은 확실히 근거 없는 소문일 것이오. 하지만 왜 그런 미확인 소문이 이토록 널리 퍼져있지. Venice의 모든 사람들은 Desdemona가 그토록 정숙하지 못한 여인이 아니라고 알고 있소.

Iago: 하지만 우리는 그녀를 믿을 수 없어.

Othello: 음 . . . Iago 장군! 말 좀 신중히 하게. 오늘은 그만하세.

Iago: (비꼬며) 죄송합니다 장군님! 또 뵙겠습니다!

(Iago 퇴장)

Othello: 오, 하나님! 저가 진실을 알게 해주세요. Desdemona가 사랑하는 그 사람이 누구입니까? Cassio입니까? 아니면 저입니까? 무엇이 진실입니까?

(불 꺼짐)

212

Act IV

Scene —— i

(Othello의 집)

(Othello 등장해 있는 상태에서 Desdemona 등장)

Desdemona: Othello 장군님!

Othello: 오! 나의 여인, Desdemona!

Desdemona: 그동안 안녕하셨어요?

Othello: 별일 없었어. 특별한 일 없었어.

Desdemona: 저 생각 하셨나요?

Othello: 뭐? . . . 음 . . . 내게 온 용건이 뭔가요?

Desdemona: 오, 내 사랑! Othello, 나의 장군님! 저는 당신께 말씀 드릴 행복한 뉴스가 있어요.

Othello: (무뚝뚝하게) 행복한 뉴스라고? 그게 뭐요?

Desdemona: 마침내 아버지께서 우리의 사랑을 허락하셨어요!

Othello: 오! 그것 좋은 소식이군!

Desdemona: Othello 장군님 . . . 지금 행복하지 않으세요?

Othello: 음 . . . 그런데 . . . 그것은 나에게 충격적인 소식이야. 무엇이 Brabantio 의원님의 마음을 바꾸게 했지? 그분이 우리들의 사랑에 반감을 갖고 계셨는데.

Desdemona: (당황하며) 뭐라고요? 무슨 말씀이세요? 나는 아버지께 우리의 신실한 사랑을 정직하게 말씀드렸어요. 우리 사랑의 힘이 아버지로 하여금 마음을 바꾸게 만들었어요.

Othello: (비웃으며) 우리의 사랑이 정말 그토록 신실하고 정직할까?

Desdemona: 뭐요? 지금 무슨 말씀을 하시는 거예요?

Othello: 별것 아니오! Desdemona! 오늘, 나는 머리가 좀 아파요. 이점에 대해서 나중에 이야기합시다.

Desdemona: 지금 몸이 안 좋으세요? 의사를 부를까요?

Othello: 아니, 그러지 마시오. 당신이 의사까지 부를 필요가 없소.

Desdemona: 의사를 만나보는 것이 어때요? 당신 얼굴이 정말 창백해 보여요!

(Othello의 이마를 짚어본다.)

Othello: (뿌리치며) Desdemona! 나는 지금 가봐야 하오.

(Othello 퇴장)

Desdemona: Othello 장군님이 오늘 왜 저러실까? 오늘 내가 사실을 고백하고 그의 용서를 구해야겠네. 하지만 . . . 그의 걱정스러운 표정 때문에 내가 그럴 용기가 나지 않아. 장군님은 내가 오르골을 잃어버렸다는 사실을 아직 듣지 못했을 거야. 오, 그런데 . . . 왜 내가 나의 마음을 걱정에서 해방시킬 수 없지? 오, 하나님! 저를 혹시 모를 불행한 사건으로부터 지켜주사옵소서.

(불 꺼짐)

(Iago의 집)

(Iago 등장)

Iago: Othello! 마침내, 너가 나의 덫에 걸려들었군. 이제, Othello 장군은 Desdemona 에 대한 사랑을 포기했을 거야. 하지만 . . . 아직 내가 안심하기는 일러. 내가 그들의 사랑을 방해할 결정적인 한 방을 날려야 하는데 . . .

(Stella 등장)

Stella: 나리! 나리!

Iago: 바보 같은 친구! 어디 갔다 오는 거야?

Stella: 아니요 . . . 나리! 저에게는 끔찍하게 놀랄 만한 물건이 있어요!

Iago: 끔찍하게 놀랄 만한 물건? 그게 뭔데?

Stella: 이것입니다. 나리. (오르골을 내민다.) 이것이 Othello의 어머니께서 유물로 그에게 주신 선물입니다. Othello 장군님이 이 오르골을 사랑의 징표로서 Desdemona 아 가씨에게 주었습니다.

Iago: 뭐? 그것이 사실일까? 음 . . . 그렇다면 . . . 너가 어떻게 그것을 가져왔지?

Stella: 우리는 Desdemona와 Emilia가 숨바꼭질을 할 때 몰래 훔쳤어요.

Iago: 오! 귀여운 녀석! 너 오랜만에 처음으로 좋은 일을 했구나. 이것이 내가 너를 지금껏 소중하게 키워온 이유야! 하하하하!

Iago: 너 멋진 일을 해냈어! Stella! 그러면 . . . 이제 . . . 너를 해방시켜 주도록 하지!

(Roderigo 등장)

Stella: 정말요? 감사합니다, 나리. 감사합니다, 장군님!

Iago: 그런 말 하지 마라! 너는 "고맙다"는 말 안 해도 돼. Stella 안녕! (Stella를 죽인다.)

Roderigo: 주 . . . 주인님!

215

Iago: 오! Roderigo! 만약 당신이 이 장면을 보지 않았다면, 1분이라도 더 살 수 있을 텐데. 오! 가엾은 친구!

Roderigo: 당 . . . 당신이 Stella를 죽였어요!

Iago: 아니 . . . 나는 단지 그녀를 해방시켜 주었소. 이 녀석이 죽기 전에 나에게 한 말을 당신 듣지 못했소?

Roderigo: 오! . . . 안 돼요!

Iago: 하하하하! 그녀는 나에게 말했소, "고맙습니다."라고. 이 친구는 "고맙다."는 말을 하면서 죽어갔소. 이제 나는 그대도 해방시켜 줄 것이오.

Roderigo: Iago 장군! 당신은 악당이군요!

(Roderigo 도망치다가 Iago에게 다리를 베이지만, 다친 다리를 부여잡고는 퇴장한다.)

Iago: 바보 같은 녀석! 거기 . . . 거기서 멈추어! 오, 음 . . . 나는 Othello 장군님께 가서 이 오르골을 보여드려야겠어. 오 가엾은 Othello! 그대는 사랑과 진실 이 두 가지 모두를 잃었소. 아마도, 당신은 지금 무척 슬퍼하고 있을 것이오. 하하하하!

(불 꺼짐)

Act V

Scene —— i

(결혼식장의 신랑 대기실)

(Othello 먼저 등장해 있는 상태에서 Iago 등장)

Iago: Othello! 우리의 총사령관님! 결혼을 축하드립니다! 이 턱시도는 당신에게 잘 어울립니다.

Othello: Iago 장군! 와줘서 고맙소.

Iago: 음 . . . 이 행복한 날, 장군님 무슨 걱정거리라도 있어요? 얼굴에 걱정스러운 표정이 보이네요.

Othello: 하하하하! 아무 걱정거리 없소. 오늘이 결혼식이오. (씁쓸한 웃음을 지으며) 그대가 나의 표정에서 볼 수 있듯이, 나는 항상 행복하오. 나에 대한 걱정은 필요 없소.

Iago: 결혼식이 곧 시작될 것입니다. (비꼬는 듯이) 당신과 Desdemona 사이의 사랑은 매우 매우 아름다워 보입니다. 저는 당신들의 신실한 사랑을 위해 기도하겠습니다. 서로 영원히 행복한 삶 사세요!

Othello: 하하하하! 고맙소. 그대는 나의 가장 좋은 친구요!

Iago: 오! . . . 음 . . . Cassio 부관님이 나에게 이 결혼 선물을 당신에게 전해주라고 하셨어요. 그 선물 꾸러미를 어서 풀어보시죠!

Othello: (선물을 뜯어서 꺼내 보고는 놀란다.)

Iago: 오, 이것은 멋진 오르골이네요! Cassio 부관님은 물건 고르는 눈이 있다니까. 이 오르골은 좋은 소리까지 낼 수 있는 멋진 선물이네요. 하하하하!

Othello: (놀라다가 이내 다시 딱딱하게 굳어지며) 이것이 정말로 Cassio 부관이 나에게 준 선물이오?

Iago: 예 . . . (비아냥거리며) Cassio 부관님은 장군님께 직접 이 선물을 전해드리지 못해서 죄송하다고 말씀하셨습니다. 이 선물이 장군님께 멋지네요. 그런데 장군님 표정이 창백하네요. 왜죠?

Othello: (어이없는 웃음) 하하! 아니오! 아무 문제 없소. (오르골을 꽉 쥐고는) 소리가 매우 좋군! (비아냥거리며) Cassio에게 "고맙소"라고 전해주시오. 단지 바라보기만 해도 내가 이것을 완전히 깨어 버리기에 충분할 것 같소.

Iago: 예, 나의 총사령관님. 장군님 말씀 확실하게 전해드리겠습니다. 안녕히 계십시오!

(Iago 퇴장)

Othello: (화를 주체하지 못하며) Cassio! 너가 나를 속이려고 시도해? 이제 Desdemona는 더 이상 나의 연인이 아니야! 오 하나님! 나는 이제 그녀의 맑은 눈동자와 밝은 미소를 볼 수 없게 되었어. 나는 더 이상 그녀를 사랑할 수 없게 되었어. Desdemona . . . Desdemona . . . (섬뜩한 눈빛으로) 나 그대를 진정으로 사랑했어 . . . 하지만 . . . 어떻게 그대가 나를 배신할 수 있어? 이제, 나는 더 이상 당신을 사랑하지 않을 거야. (분노하며) Desdemona! 내 너를 가장 행복한 순간에 지옥으로 보내 줄게!

(불 꺼짐)

(결혼식장)

(불 켜짐)

(모두들 Othello와 Desdemona의 결혼식에 모여 그들을 축복해 주고, 그들 앞에 선 Othello와 Desdemona는 주례자의 주례에 따라 사랑의 맹세를 하려고 한다.)

주례자: 이제 우리는 두 명의 젊은 남녀의 행복한 결혼을 축하하고자 합니다. 만약 이 결혼을 반대하고자 원하는 분이 있다면 이곳에서 나가 주시오. Desdemona여! 그대는 평생 동안 Othello를 신뢰하고 그를 사랑하겠는가?

Desdemona: 예, 그렇게 할 것입니다.

주례자: Othello여! 그대는 Desdemona를 신뢰하고 평생 동안 그녀를 사랑하겠는가?

Othello: (미친 듯이 크게 웃으며) 제가 그녀를 믿고 평생토록 사랑해야 하나요? 그러면 . . . 내가 그녀의 또 다른 연인도 사랑해야 하나요? (비웃음) 그녀를 신뢰하고 평생 동안 사랑하냐고? 절대로! 나는 저런 정숙하지 못한 여인을 사랑할 수 없어!

Brabantio: 오 . . . Othello! 지금 무슨 말을 하는 거요?

Othello: 나는 그런 부도덕하고 지저분한 미덕의식을 가진 여인을 사랑할 수 없소.

Desdemona: 오, Othello 장군님! 나는 왜 당신이 그런 말을 하는지 그 이유를 모르겠습니다. 제가 진정으로 사랑하는 사람은 당신뿐이에요.

Othello: 뭐? 사랑? (Desdemona의 뺨을 때리며) 입 닥쳐!

Brabantio: 오! 어떻게 너가 감히 그렇게 해! . . . (쓰러진다.)

Emilia: 오, 의원님! (당황하며) 의원님, 괜찮아요? 도와주세요!

(Emilia와 주례자가 Brabantio를 부축하며 퇴장)

Othello: 이제 당신과 나 외에 모든 사람이 여기에 없소.

Desdemona: (울먹이며) Othello 장군님! 당신이 지금까지 제가 신실하게 사랑했던 사람 맞나요?

Othello: (비꼬며) 하하! 당신 그 부정한 행동에 대해 변호하려 드는 거요? 나는 당신의 부정한 행동을 내 눈으로 똑똑히 보았소! 어떻게 당신이 Cassio와 사귈 수 있소!

Cassio: 뭐요? 장군님 지금 뭐라고 하는 겁니까? 그것은 오해입니다.

Othello: Cassio! 그대가 드디어 본 모습을 드러내는군.

Cassio: 그만 . . . 그만하시오. 총사령관님! 왜 이런 행동을 하시는 겁니까? Desdemona 아가씨는 당신만을 사랑하고 있소!

Othello: 왜? 당신 지금 당신의 연인 Desdemona에게 연민의 정을 느끼고 있소?

Cassio: 오, 아닙니다! 총사령관님! 당신은 항상 합리적인 사람입니다. Desdemona는 당신이 신뢰해야 할 유일한 여인입니다.

Othello: 나를 설득하려 들지 마시오! 당신 지금 나에게 훈계하려 드는 거요? (Cassio의 멱살을 잡는다.)

Desdemona: (Othello를 말리며) Othello 장군님! 그만! 제발 그만하세요!

Othello: 나와의 사랑 게임 즉시 그만하시오! (Desdemona를 뿌리치고 칼을 뽑아든다.) 그 쓸모 없는 사랑 게임말이오! 그 사랑 게임 천국에서 하시오! Cassio! 내 그대를 먼저 천국으로 보내 줄게. (칼로 찌른다.)

Cassio: 안 돼요 . . . 총사령관님! (Othello의 칼에 찔린다.) 그것은 오해입니다. (쓰러진다.)

Desdemona: 그만! 그만해요 제발! 당신은 아시잖아요. 제가 당신을 나 자신보다 더 신실하게 사랑한다는 것을. 왜 이렇게 이성을 잃게 되었나요? 무엇이 당신을 이렇게 바꾸어 놓았어요?

Othello: 당신 나에게 왜 내가 정신이 나갔냐고 했소? (비웃으며) 하! 나를 이렇게 미치게 만든 사람은 당신이오! (Othello, Desdemona의 목을 조른다.) 당신이 천국 가는 길은 외로운 길이 아닐 거요. Desdemona, 그렇지?

(Roderigo 등장)

Roderigo: (급하게 뛰어오며) 장군님! Othello 장군님! 오! 어떻게 당신이 이럴 수가! 아! 너무 늦었군요.

(Othello, Desdemona를 내팽개친다.)

Othello: Roderigo! 무슨 일이냐?

Roderigo: Iago! . . . 그 사악한 인간이, Iago가 당신을 총사령관 자리에서 끌어내리기 위해서 음모를 꾸몄어요.

Othello: 뭐? 너 지금 무슨 말을 하고 있는 거야?

Roderigo: 사실은, 그런 Casssio 경과 Desdemona가 사랑에 빠졌다고 거짓 루머를 만든 사람은 바로 나요. 그리고 당신이 Desdemona에게 사랑의 징표로 선물한 오르골을 훔친 사람은 바로 나요. 이 모두가 Iago의 음모요.

Othello: 오, 아니야 . . . 그것은 불가능한 일이야! 그렇다면 . . . 내가 Iago의 덫에 걸렸단 말이야? 그것은 불가능해! 오, 아니야! 이 모두가 Iago의 사악한 음모라고? . . . 오, 내 사랑 Desdemona! 미안하오. 나를 용서하시오.

Desdemona: (Othello를 뒤에서 감싸 안으며) Othello 장군님! 저는 괜찮아요. 너무 슬퍼하지 마세요!

Othello: (Desdemona를 바라보며) 미안하오, Desdemona! 모두가 나의 잘못이오.

Desdemona: 아니에요 . . . Othello 장군님! (Othello와 Desdemona가 포옹한다.) 당신은 나의 유일한 사랑이에요. 사랑해요.

Othello: 오, 나의 아름다운 사랑! Desdemona, 사랑하오. (Desdemona에게 키스)

(Iago 등장)

(Roderigo, 깜짝 놀라며 뒷걸음친다.)

Iago: 오! Roderigo! 그대가 나를 배신했어? 좋아! 그러면 내가 친히 이 게임을 끝내도록 하지.

(Iago가 Othello를 등 뒤에서 찌르려고 하자 그걸 본 Desdemona가

Othello를 대신해 칼을 맞는다.)

Othello: 오, 안 돼!

(Desdemona가 쓰러진다. 놀란 Othello가 Iago에게 다가가 그를 죽인다.

그러고는 Desdemona에게 다가간다.)

Othello: Desdemona, Desdemona! 미안하오. 내가 큰 실수를 했소. 나는 결코 이런 끔찍

한 결과를 예상하지 못했소. 오, 내 사랑, Desdemona. 내 그대를 진정으로 사랑하오.

Desdemona: 저도 당신을 사랑해요. 내가 다시 태어나도 나는 당신을 사랑할 거예요. (Desdemona는 숨을 거두고, Othello는 Desdemona를 부둥켜안고 울부짖는다.)

Othello: Desdemona! 기억하시오. 그대가 한 남자에게 아름답고 행복한 삶을 선물해 주었음을. 내가 언젠가 그대 없는 세상은 나에게는 의미가 없다고 말했소. 내가 당신과 했던 약속 기억하고 있소. 내 그 약속을 지키겠소. 나는 이제 천국에서도 당신과 함께할 것이오. Desdemona! 미안하오. 그리고 나는 당신을 . . . 사랑하오!

(Desdemona에게 마지막 입맞춤을 한 후 칼로 자결한다.)

(불 꺼짐)

– The End –